搜神故事集

穿越時空的送信人

文——李明足
圖——林鴻堯

目次

推薦序 誰能解讀伊媚兒？——《穿越時空的送信人》的悅讀策略 許建崑 006
作者序 當古書來敲頭 012

1 神話童話非鬼話

仙女奇緣 018
公主與野獸 026
誰說嫦娥想奔月？ 033
縣城變湖泊 041

2 與神同行誰夜哭

愛炫耀的千年妖 …… 050
秦老翁鬥鬼 …… 057
披頭散髮的旄頭騎兵 …… 065
書生擒妖記 …… 070
賣惡鬼 …… 076

3 鬼使神差人鬥智

瘟神的部下來了 …… 086
死而復生的李娥 …… 092
就是不怕鬼 …… 099
穿越陰陽定姻緣 …… 104
鬼媳婦要渡江 …… 109

4 奇人異事古今有

就愛招惹道士……118
奇女子斬蛇妖……124
醉了一千天……132
沒人抓到左慈……139
印度來的魔術師……147

5 沉冤昭雪必自明

願做連理枝……154
三王墓奇譚……162
蘇娥告陽狀……169
老天心痛得哭不出來……175

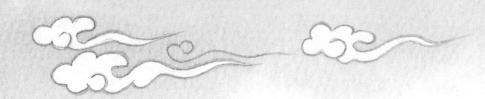

6／看似無情卻有情

人鬼未了情……182
穿越時空的送信人……189
仙妻凡夫姻緣牽……196
守信的友誼……202

7／動物有義勝人情

銜環鳥與義犬……210
蟻王來報恩……215
桑蠶的由來……221

推薦序

誰能解讀伊媚兒？——《穿越時空的送信人》的悅讀策略

許建崑（前東海大學中文系教授）

明足老師從東晉干寶《搜神記》中改寫了三十篇作品，合成《穿越時空的送信人》一書，交由聯經出版。書題很吸引人，是干寶穿越時空，送了一封信給明足老師呢？還是明足老師身兼送信人，把干寶寫的神鬼故事傳送給現代的讀者呢？

歷史上的傳承，秦、漢之後，為魏、晉。由於北方遊牧民族入侵，惠帝、愍帝相繼被殺，終止了五十一年的晉朝國運。然而王導、謝安等人輔佐元帝，在西元三一七年建康（今之南京）稱帝，是為東晉。干寶的祖父和父親曾在東吳時做過官，因此把家小從現今的河南新蔡帶到浙江海鹽縣。因為王導推薦，干寶擔任過著作郎的助理，參與國史修纂，空暇時也隨手蒐集鬼怪故事。據說元帝特別支持這項「休閒創作」，在他抄錄時，還賞給了他兩百張紙。那時候，紙張的取得，可真不易！

為什麼要編寫《搜神記》呢？干寶自己說，有兩件事影響了他。一是他父親去世時，母親把父親寵愛的小妾推入墓穴。十多年後母親過世，家人開墳，要讓父母合葬，發現小妾趴在棺木上，居然還有氣息。另外一件是哥哥干慶生病死了，幾天後卻又活過來，讓他非常驚訝，認為天地鬼神不能「等閒視之」，所以要「明神道之不誣」。

以現代人的觀念，上述的兩件事都不太能接受。我們派出法醫、人類文化學家和歷史學家共同來勘驗，或許可以得到這樣的解釋：干寶母親是個醋罐子，鄉里人編造此事來「八卦」妒忌的婦人。而干慶只是「暫時停止呼吸」，身體啟動了「後備燃料」，因此活過來。如果這些原因還不足以說服我們，很可能是干寶為了講「鬼故事」，而自編自導家人的遭遇。要是從人類文明發展的觀點來看，更能了解魏晉時人相信「萬物有靈」，認為「靈魂」是可以穿梭陰陽界，甚至從古代來到現代，為了傳送訊息！

不可思議的事情，到了現代，還是有的！請想想，三十年前的人們怎麼曉得通過網路，可以將「伊媚兒」寄給遠方的親友？拿起手機，就可以和他人馬上視訊通話？就像干寶，他怎麼知道我們每個人的手機或筆電，都可以直接閱讀《搜神記》呢？原文以文言文書寫，有些難懂，所以，明足老師擔負起「送信人」的角色，把原文改寫成白話文，讓大家容易閱讀。

仔細賞讀這些選出來的故事，我們才發現，熟悉度怎麼會那麼高？高辛氏的耳屎變成小狐狸狗，娶了公主，成為西南夷開國的始祖；后羿射日，嫦娥服食了仙丹奔向廣寒宮；吳王夫差小女紫玉與韓重的戀愛；干將、莫邪的孩子赤比，犧牲自己的腦袋，為了報復殺死父親的秦王，留下「三王墓」的遺跡；失信於馬，而化為蠶的馬頭娘等等，原來都是來自《搜神記》。三國時代孫策殺于吉、左慈戲曹操，先於《三國演義》而成稿；《東海孝婦》，原來是關漢卿撰寫《竇娥冤》的母本；范式與張劭的友誼，成為明代馮夢龍鋪寫〈范巨卿雞黍死生交〉的藍本。閱讀《搜神記》的意義，不必多說，就明白了。

明足老師使用四種方式來改寫《搜神記》。一是大部分忠於原味，依照原有的故事改譯，如〈書生擒妖記〉、〈賣惡鬼〉、〈瘟神的部下來了〉等等。二是拼合兩篇為一篇，如〈就愛招惹道士〉，在「孫策殺于吉」之後，加入「徐光種瓜」，把吝嗇小販車上的瓜「隔空取物」，分給路人享用，強化了道士法力的描述；又如〈銜環鳥與義犬〉，將楊寶救黃雀、義犬救李信純的故事合而為一。三是改變故事結局，如〈秦老翁鬥鬼〉，把誤殺孫子的結局，改成殺惡鬼救孫子，讓昏庸的秦老翁變成智慧老人；〈愛炫耀的千年妖〉文中，張華放棄了用墓柱烹煮狐狸，改以放歸山林為結局，表現愛物惜才的精神。第四種方法，是薰染故事中人物的感情，如〈仙女奇緣〉中織女對董永動了真情，而不是為了完成天帝吩咐的任務為目的；〈公主與野獸〉之中，公主在盤瓠死了以後，不願回宮裡，寧可和孩子們住在山林裡，有了安頓家庭的責任感。

知道明足老師的改寫策略，那麼讀者可以用什麼方法來接收干寶的

「伊媚兒」呢？使用「神遊」法，進入書中描寫的場景，與古人同遊，感受鬼神狐仙的捉弄，接納驚悚恐怖的氣氛；放下書後，冷靜下來，反而可以體會古人的智慧、女子的勇敢、貞烈，不失閱讀的樂趣。

也可以考慮用「偵探」法，思考一下時間、地理的關聯，為什麼神鬼故事總出於北方，或者是驛站？蛇妖為什麼喜歡藏在嶺南的瘴癘之地？居然有魔術師來自天竺，也就是現在的印度，魏晉時代已有外國人來到中原，多麼厲害的「天涯旅行者」！當然，透過本書，你也可以想像一下沾有蜂蜜麥粉的糯米糰，能醉千日的醇酒，盧江鱸魚搭配四川的嫩薑，味道真的那麼好嗎？

如果不採用「神遊」或「偵探」的方式閱讀，也可以用「疑古」法呀。賈偊陪伴弋陽縣官的女兒從陰間回來，向縣官提出娶女兒的要求。縣官問明生病在床的女兒，知道她在夢裡也認識了賈偊。這怎麼可能呢？難道他們是偷偷的在卡拉ＯＫ或夜店相識嗎？弦超與女神相戀，家中的親人和妻子卻看不到，後來妻子死了，他一人去洛陽當官，在路上又巧遇女神，共效鴛鴦去了。是巧遇？命中註定？還是婚外情？干寶地下有知，一定跳出來對你說：「你考倒我了。」這不是快樂的閱讀方法嗎？至於還有什麼閱讀策略，我沒有想到的？還請親愛的讀者們多多提供，一同來分享。

作者序　當古書來敲頭

李明足

我在書架前翻書，苦思接下來的題材。

「哐！」一聲，一本厚書夾帶濃霧般的灰塵，不偏不倚敲在我頭上。

「什麼跟什麼嘛，這是為兒童創作故事的頭，很珍貴的耶。」我對著掉在書桌上的古書抱怨。

「就是因為你為孩子講故事、寫故事，所以一定要提醒你，孩子的閱讀不能偏食。」哦！聲音竟來自敞開的書頁，一群小人兒走出來，還有動物穿梭其間。

「你……你們是誰？怎麼從《搜神記》裡跑出來？」我猛然跳開。

一個穿五彩布衫的帥漢，蹲在滑鼠上，後面垂下一條小尾巴。三位仙女般的女子揚書飛起，端坐在書沿。看他們外貌，我突然連結起來了，帥漢是盤瓠，三個仙女是智瓊、織女和嫦娥，全都是《搜神記》的重要角色。他們旁邊坐的是巢縣老婦和秦老翁，還有穿道袍的徐光和單眼又跛腳左慈。

本想「以大驅小」大聲喝斥，讓他們回到書中。但低頭一看，筆電鍵盤上又有數個操傢伙的怪傢伙，在上面玩跳格子，分別是：與張華論文章的花狐狸書生、嚇跑青牛的披頭散髮騎兵、瘟神部下陰陽眼鬼官，還有拿著干將寶劍的三頭劍客，不只如此，後面還有個拿劍少女李寄和看似柔弱，連老天都怕她的怨婦周青，陸陸續續，各色人物輪番上場……。

看這形勢寡不敵眾，千萬莽撞不得。於是我改以溫和口吻說道：「謝謝各位提醒，我也關心孩子閱讀偏食的問題。所以，我之前寫的都是跨領域的故事。」

這麼說，反而引來眾多意見。

巢縣老婦嗓門最大：「你真小氣，喜歡我們的故事，卻不跟孩子分享。」

我趕忙解釋：「故事真的很好看，但《搜神記》是筆記小說，很多故事片片斷斷的，沒頭沒尾，孩子聽不下去啦。」

這下，換最有才學的花狐狸書生說話：「所以我們找上你呀。干寶當年採集故事雖然不完整，但題材非常適合孩子閱讀。你為孩子寫故事，又是中文系背景，當然要為孩子填補故事空隙，改寫出更完整、好看的故事才對。」

蛤？要我改寫《搜神記》？

嫦娥蓮步蘭花指：「孩子以為我喜歡當月宮女神，都不知《搜神記》裡我變成癩蛤蟆。請你跟孩子說說我的委屈故事吧。」

秦老翁站起來雙手合十：「說委屈我更委屈呀，多年來我背負著殺親孫的罵名，教科書早把我刪除，你就幫忙改寫故事吧。」

怨婦周青說：「有些孩子聽過《竇娥冤》或《六月雪》，卻不知道我才是原始故事。」

「還有我種瓜的故事，比《聊齋》裡的〈種梨〉故事早了上千年呢！」

徐光道士也插嘴。

孩子真的對古代經典陌生，這點我責無旁貸，想一想，藉由改寫故事，能讓更多孩子認識歷代古書中豐富的文學和文化。我振奮的按下電源，鍵盤上的故事人物被閃燈嚇得跳離。

「〈盤瓠子孫〉如果改寫成〈公主與野獸〉，大家一定很驚喜，近兩千年前，東方就有比西方十八世紀〈美女與野獸〉更精采、更浪漫的故事。」原來，盤瓠自己取好故事名了，我立刻記下。

《搜神記》總計有四百六十四篇，這麼多的故事，該選哪幾篇？

穿青絲鞋的胡母班走過來，熱心的說：「我穿越時空來協助你吧，你研究過兒童的閱讀喜好，我們就先選出三十篇驚奇變化、生動有趣，有對話、有動物元素的故事。」

於是我們閉關書房，重訂篇名和選文，直到完全疲累……

當我醒來，四下無人，《搜神記》仍在書架原位置上，而且特別乾淨。電腦頁面有書名和三十篇名，腦海滿溢故事，一路順暢寫去——

1 神話童話非鬼話

仙女奇緣

活潑開朗的織女仙子，在天庭過著無憂無慮的生活。每天的工作就是以各式各樣的雲朵為神仙編織錦衣，閒暇之餘就雲遊各處。

這一天她來探望掌管天庭所有仙女的王母娘娘，才剛走進殿內，就看到王母娘娘對著「凡間眾生鏡」，一再搖頭嘆息，嘴裡不停叨念著：「可憐啊！可憐啊！真是人間悲劇呀！」織女仙子好奇上前觀看，鏡中浮現一個叫千乘的小縣城的市井街景，有個衣衫襤褸的瘦弱年輕人跪在街邊，雙手高舉抱拳，不停的向路過行人叩拜行禮，他涕泗縱橫的嘶喊哀求：「求求各位大爺大娘行行好！可憐可憐我，父親過世，無力安葬。懇求借給我一些銀兩，安置家父後事，我願意賣身為奴，終身侍奉大爺大娘。」年輕人身後放著一臺小人力車，車上用草蓆蓋著他父親的遺體。路過的人都覺得晦氣，很多人故意繞得遠遠的，假裝沒有聽到他的求助聲。

織女仙子忍不住跟著嘆氣：「這個年輕人真可憐，竟然沒人伸出援手，這裡的人也太冷漠了。」

王母娘娘轉頭看著她說：「是呀，我已經注意他好一段時間了，這個年輕人是個勤奮的孝子，卻一再遭逢不幸厄運。」

接著，王母娘娘細說這位年輕人的不幸遭遇：原來年輕人名叫董永，母親早逝，只留下他和父親相依為命。幾年後，父親積勞成疾，病得很重，只能靠董永為人耕稼，維持父子的生計。為了照顧病重的父親，董永外出工作時總將父親安置在人力推車上，以便隨時看顧。可惜父親的病情愈加沉重，最後無力回天。董永舉目無親，父親過世後沒錢安葬，才會在市街跪求賣身葬父。

聽了董永的身世，織女難過得淚如雨下。「娘娘，董永太可憐了，我們趕快下去幫助他吧！」

「我也是這麼想，但是按照天庭律法，我得先去稟奏玉皇大帝，才能下凡幫助他。」王母娘娘說著，便走出殿外，又回頭跟織女仙子說：「你

在此等候，我去去就回。」

王母娘娘離開後，織女仙子低頭看著「凡間眾生鏡」裡瘦弱的董永又哭得昏厥過去，愈發著急，她想趁著王母娘娘不在，只要用隱身術速速下凡，快快上來，就神不知、鬼不覺。於是招來及時雲急急飛往凡間。

當她快降臨千乘縣市街時，看到隔街一位穿戴富貴的員外在攤子上為他家夫人買羅帕。於是心生一計，連忙召來風神幫忙。

這時，員外才剛買好的絲綢羅帕，突然被一陣風莫名的吹走，他急得一路追著那條飄動的羅帕跑。說也奇怪，羅帕飄呀飄的，就在董永的面前緩緩落下。員外撿起羅帕，同時看著滿臉淚水、跪地求援的董永，便問了緣由、打聽細底，員外非常同情董永的遭遇，就拿出一萬文錢讓他回去安葬父親。董永感激的說：「員外對我的大恩大德，我不會忘記，待我守喪後一定到府上為奴僕。」然後他問清楚員外的住所後就離開了。

織女仙子在一旁，看到圓滿的結果，高高興興的回到天庭，正想跟王母娘娘分享時，只見王母娘娘滿臉怒氣：「你知不知道，不經稟報私自下凡，已冒犯天規。」織女仙子一聽到犯天規，嚇得立刻雙膝落地，懇求王母娘娘恕罪。王母娘娘念在她初犯，加上她下凡是幫助孝子，就為她向玉帝求情，減輕她的罰責。最後玉帝只判她增加一倍的編織工作量，以織女的巧手，這實在不算什麼懲罰。

從此，織女仙子每天都到王母娘娘處窺看董永。王母娘娘看在眼裡，有些擔心，她知道織女仙子慢慢的由同情轉為愛戀，就這樣過了三年。

董永守喪三年期滿，依約前往員外家當奴僕還債。在漫長路途中，偶然遇到一位女子昏厥在路邊，幸得董永善心救助。女子表明：因家境貧苦，原想投靠親友，誰知親友早已搬離縣城。董永也談到自己賣身葬父，將要去員外家當奴僕的事。那位女子請求跟董永結伴，去員外家求一份工作以得溫飽，就在同行前往員外家的一個多月裡，這對男女漸漸日久生情。

一天這位女子對董永傾訴：「我們都是苦命人，有緣相識，我願意做你的妻子，在你身邊照顧你。」董永說：「我雖然對你有意，卻擔心一輩子當人家奴僕，所以不敢表達愛意，如果你不嫌棄，我願意一輩子守護你。」於是他們結為夫妻。

當他們來到員外的大宅時，員外驚訝的說：「錢是送你的，你不必回來當奴僕償還。」董永說：「承蒙您的恩惠，我的父親才能好好安葬。我雖然是一個地位卑微的人，但一定會勤快工作來回報您的大恩德。」員外覺得他真的是個知恩圖報的人，一再拒絕也沒用。員外又看看他的妻子，問：「你的妻子能做什麼？」董永回答：「她叫織女，會織布。」員外說：「如果你一定要回報我的話，就請你的妻子替我織一百匹雙絲細絹布，織完你的債就算還完了。」

織女聽到只要織完一百匹布，董永就可恢復自由之身。能幫助丈夫，她當然很高興；同時內心卻又有一層無法對丈夫訴說的隱憂。織女以她靈巧的手藝，十天就織出最精緻的雙絲細絹布，員外看了大為歡喜。償還了債務，董永高興的帶著妻子離開員外家。

才剛走出員外家門，織女就眼泛淚光的對董永說：「夫君有所不知，我是天上的織女仙子，你的孝順和勤奮令我愛慕，所以我請求玉帝讓我下凡與你相聚。玉帝禁不起我一再要求，答應了我。不過有一個條件，就是我們的緣分只到夫君還完債為止。當時我心想你會終身為奴還債，就答應玉帝。沒想到遇到這麼慈悲的員外，願意用織布抵債。所以我寧可忍痛放棄對你的依戀，換得夫君的自由之身。」

才說完，織女的身子就變得輕飄飄的，凌空飛去，徒留董永在人間聲聲呼喚妻子的聲音。

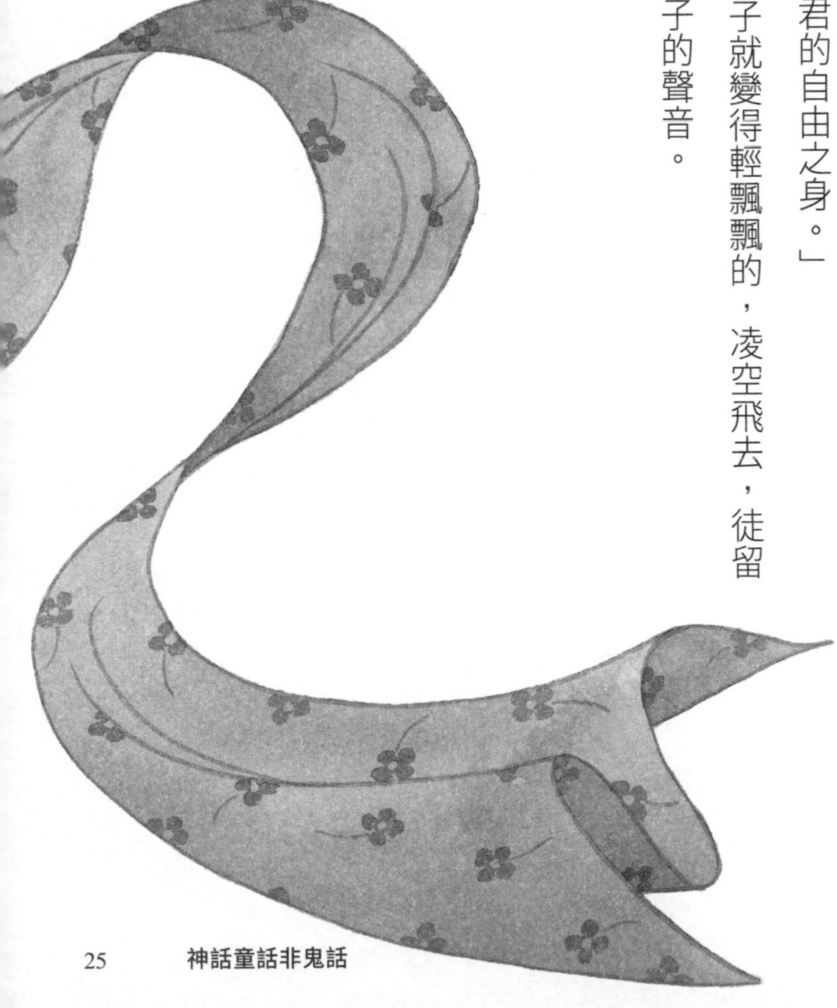

公主與野獸

在遠古時代的中國，帝嚳高辛氏擔任帝王的時期，王宮裡住著一位老婦人，耳朵長期疼痛不堪，一直治療不好。後來不知哪裡來了一位醫生，為老婦人看診，他先檢查耳朵，問了幾句話，便拿出掏耳器來，掏了老半天，痛得老婦人哇哇叫，下了一番功夫，從她耳朵裡掏出一條金色的蟲子，像蠶繭一樣大小，大家看到這條大蟲子都嚇了一跳。

掏出金蟲後，老婦人耳疾立刻痊癒，她看了看這隻還在蠕動的蟲子，就把它放在一個葫蘆瓢裡，用一個盤子蓋緊，沒多久老婦人就離開王宮，過了好一段時間，大家也都淡忘了那個蓋著盤子的葫蘆瓢。

直到有一天，年幼的小公主經過時無意間看到，好奇的打開一看，「哇！好可愛的五彩小狗呀！」宮裡的人聽到都圍過來，他們議論紛紛：「明明是一條金蟲，怎麼變成一條狗？」狗身上有著青、白、紅、黑、黃五彩斑紋，見過的人都嘖嘖稱奇，小公主為牠取名為「盤瓠」，和宮裡的人一起養牠，盤瓠就在宮裡慢慢的成長。

後來，高辛氏和西方的戎族為了爭奪領土常常打仗。在戰場上，戎族戰力比高辛氏強大許多，原來戎族有一位很能帶兵作戰的吳將軍，仗恃著他攻無不克的武力，經常侵犯高辛氏邊界，帝嚳多次調兵遣將前去討伐，都無法鎮壓敵軍。眼看著戎族日日進逼，高辛氏危在旦夕，帝嚳和謀臣日夜謀劃，希望能找到更驍勇善戰的勇士帶領高辛氏軍隊擊敗吳將軍，卻遍尋不到這樣的作戰高手。帝嚳情急之下，頒布一道最猛的召募令，向全國宣布：只要有誰能取得吳將軍的首級回來，將獎賞黃金千斤，送給他一萬戶的領地，並且把王宮中最美麗的小公主賜嫁給他。

只是，召募令頒下好幾天，卻沒有勇士來投效，前方戰況危急，軍隊就快要抵擋不住了。帝嚳非常焦急，他低頭苦思，在王宮中來回踱步。突然一陣騷動聲傳來，他抬頭一看，盤瓠正從宮外快速的跑進宮內，仔細一看，牠嘴裡銜著的正是戎族吳將軍的腦袋。帝嚳和所有大臣都高興的大聲歡呼，因為戎族的主將一死，這場戰役鐵定能獲得勝利。帝嚳興奮的撫摸盤瓠的頭，真誠感謝牠英勇救國。

但是，當初的承諾怎麼辦呢？帝嚳開始擔憂了起來。

臣子們異口同聲建議：「盤瓠不過是隻畜生，即使牠救國有功，也不能封官，不必給俸祿，更不能把年輕貌美的小公主許配給牠。」帝王同意臣子的意見，殿前所有人都心照不宣，不再提封賞的事。

可是宮中的耳語是止不住的，這件事還是傳到小公主耳裡。小公主來到殿前告訴父親說：「父王既然允諾以我做為召募天下勇士殺敵的獎賞，現在盤瓠依約定帶回敵人的首級，為我們國家剷除了最大禍害，平息戰亂，這豈是一隻普通狗的智慧所能辦到的？一定是上天的旨意啊！況且，被尊稱為帝王的人就該重視承諾，被尊稱為霸主的人更應守信。父王您是這個國家的帝王，也是受人尊重的霸主，怎能為了親情，在天下人面前背信呢？失信於民，將影響您的威信，人民又怎會臣服於您呢？這將會給國家帶來災禍的。」帝嚳聽了小公主這番話覺得十分畏懼，只好答應小公主，

將她許配給盤瓠了。

帝嚳原想為小公主籌辦一場豪華的婚禮，也為他們準備一座富麗堂皇的宅邸，但是盤瓠拒絕穿上華服，也不進宅邸。小公主請求父親：「父王，就讓我們過自己想要過的生活吧！」帝嚳只好無奈的答應了。

於是，盤瓠帶著美麗的小公主前往南山。

一到那草木茂盛，沒有人煙的地方，盤瓠便停下來向小公主深深跪拜，開口說話：「我本受到巫女毒咒變成一隻蟲子，躲在她的耳朵裡，後來又被丟到盤瓠裡，感恩公主把我從盤瓠中救出來，且願意跟我結婚，一起到山林間過生活。」小公主先是一陣驚嚇，接著想到自己先前跟父王說的話，盤瓠果然不只是一隻普通的狗。

她平靜的握住盤瓠的前腳說：「我是個重承諾的人，既然答應嫁給你，請放心，我一定會一輩子陪伴你的。」這時盤瓠的前腳竟慢慢的變成雙手，身體慢慢站起來變成一個壯碩的年輕人，只是仍留著一條小尾巴。

小公主換下原來華麗的服飾，梳起奴婢的髮髻，穿上工作的粗布衣服，跟著盤瓠登上高山，穿越深谷，居住在一個石洞裡。

帝嚳每次想起他最疼愛的小公主，就心疼又不捨，經常派人去尋找他們，但是，說也奇怪，只要有人爬到山腰就颳大風下大雨，地動山搖，沒有人能到達小公主和盤瓠的住所。帝嚳無計可施，就不再派人去探望了，但他對小公主的思念未曾間斷。

三年後，小公主生下六個男孩和六個女孩。再過幾年，盤瓠生了重病，臨終前他告訴公主：「我受到的毒咒太重，無法跟你長相廝守，等孩子可以獨立生活，你就回宮中吧！這些年委屈你了。」

小公主雖然非常傷心，仍堅強的獨自養育這些孩子，隨著歲月流逝，他們長大了，慢慢形成一個小聚落。這些孩子十分聰慧，他們會用樹皮纖維紡紗織布，又會利用草木果實來染色。他們喜歡穿五顏六色的衣服，最特別的是，他們剪裁衣服的樣式都留有尾巴的形狀。

小公主看著孩子都長大成人，也能自力更生了，覺得應該讓宮中的父親知道這件事。於是她先回到王宮，把經過情形告訴父親。帝嚳終於能看到日夜思念的小公主，激動得緊緊擁抱著她，喜極而泣，又聽到她已兒女成群，更是高興，立刻派使者去迎接孫子和孫女回王宮團圓。奇怪的是，這次使者去的路途上，風和日麗，不再颳風下雨。

這些孩子久居山林，來到王宮仍然喜歡穿本來的五彩衣服，說著宮裡人聽不懂的話，吃飯時喜歡蹲坐在地上。他們實在不習慣宮廷生活，很想念以前在山林的日子，漸漸的每個孩子都顯得無精打采，小公主看在眼裡萬分不捨。於是，她來到父親面前，懇求父親：「在宮中這段時間，父王也看到孩子們愈來愈不快樂，這些孩子身上流著盤瓠的血脈，他們生性愛好山林野川，就請父王成全他們吧！」帝嚳喜歡這些孩子，很想留住他們，但是看到他們不同於一般的個性，不願意留在宮中，只好順從他們的心意，並賞賜他們許多山林和水澤。

小公主沒有留在宮中，她陪著孩子們回到封地，一起過著山林生活，直到終老。

誰說嫦娥想奔月？

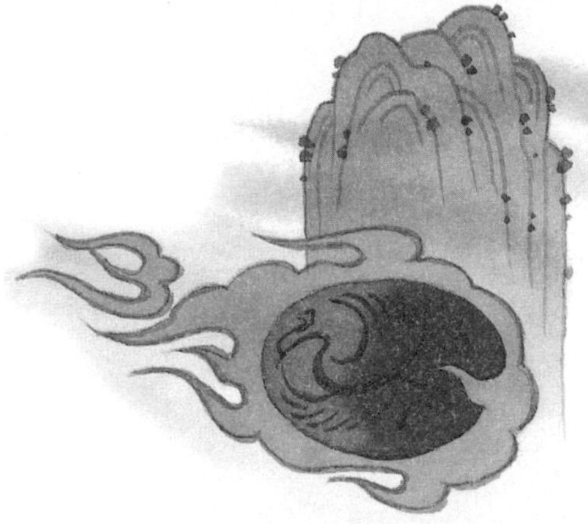

傳說帝嚳天帝有十個孩子，也就是十個太陽神。這十個兄弟各個熱情如火，如果一起站在天上，凡間草木將全部枯乾、燒盡；動物像在烤盤上；百姓勢必陷入一片火海，無以為生。所以天帝命他們輪值，每天只能由一位太陽神守護凡間。但是這十個太陽神，任性、愛炫耀又貪玩，根本不願聽從天帝的命令。

十個太陽神每天忙著較量彼此神力，一起嬉遊天際，對著大地任意釋放熱力。更糟糕的是，只要聽到凡間某一區百姓對著天空大喊：「太熱了，我快熱死了。」那一區的太陽神，就高興的向其他太陽神炫耀自己的神能力。其他太陽神不願示弱，也就更用力的釋放熱力和金光，毫不顧慮凡間被炙烤的痛苦。漸漸的，河水乾涸了，樹木枯死了，穀物無法生長，民不聊生，凡間大批大批的人被暑旱熱死、餓死、渴死。人間百姓受不了酷暑，轉眼間慘死一大半。

天帝知道之後，非常生氣，一再訓誡他們，他們卻依然故我，把凡間當成較勁熱力的遊戲場。天帝只好招來天界射箭高手后羿，命令他施展射箭能力，好好嚇唬嚇唬這十個頑皮的孩子。

后羿依命令前去規勸太陽神，這十個傲慢的神仙，連天帝的話都不聽了，哪裡聽得進后羿的勸告，他們不但不聽，一看到后羿更頑皮的跟他玩起你追我跑。后羿一怒之下，拿起弓箭奮力射去，十個太陽神不知后羿能百步穿楊，以為后羿在跟他們開玩笑，嘻嘻哈哈不以為意。第一支猛箭飛射過來，立刻一箭射死兩個太陽神。后羿本以為其他八個會因此懼怕，沒想到其他太陽神竟然以不屑的口吻說：「來呀，來呀，你射不到我的。」后羿向來箭無虛發，豈能容忍他們的挑釁。「咻——咻——咻——」他又連發七箭，射死了七個太陽神，最後那個太陽神知道事態嚴重，馬上跪地求饒。

任務完成後，后羿向天庭回報：「已經遏阻太陽神的惡行，以後只有一個太陽守護凡間。」天帝聽到后羿解決了他的大憂慮，本來很高興，接著聽到后羿竟然射殺九個太陽神，傷心之餘，勃然大怒：「他們雖然違反天規，但罪不至死，你怎可一次射殺我九個兒子？」天帝原本要降旨賜他死罪，但在其他神仙的求情之下，念在他拯救天下蒼生有功，最後將他貶下凡間。

后羿走出天庭，非常後悔自己的魯莽，如今落到被貶下凡間的地步，不知如何向妻子嫦娥交代。他左思右想，只能去請求西王母娘娘幫忙了。西王母娘娘聽了事情的始末，先是搖搖頭，再安慰后羿說：「天帝已經宣旨，我去求情也沒用了，你就和嫦娥在人間好好生活吧！這兩顆剛煉好的丹藥就送給你們，當作臨別的禮物。你與嫦娥各服下一顆就能像在天庭一樣長生不老，記得，如果兩顆一次服用，可能會產生副作用，讓身體變得太輕盈而飛起來。記得，你現在是帶罪之身，萬一自行飛回天庭，是會違

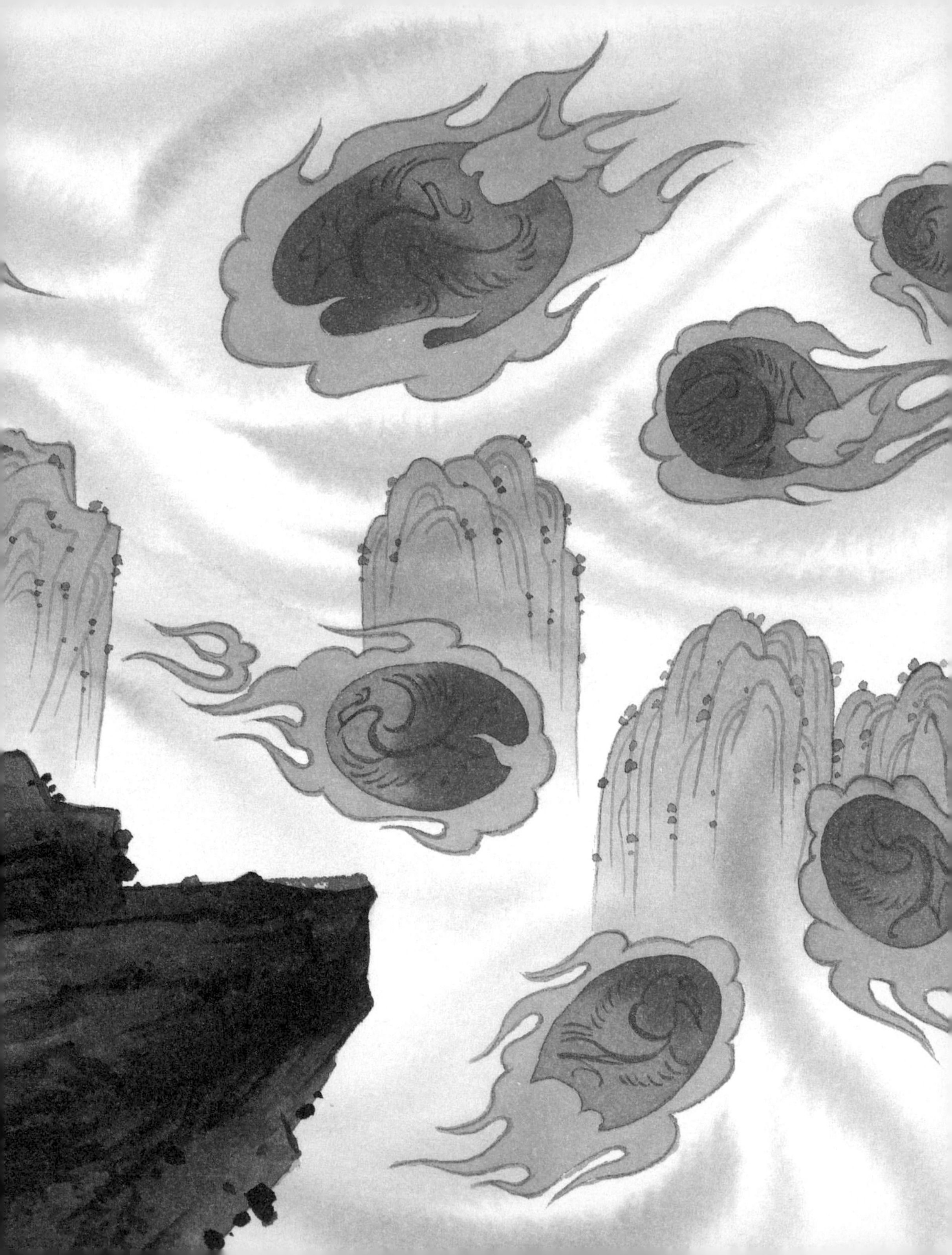

反天規的。」

后羿垂頭喪氣的回到家，沒想到消息比他更早傳到家中，嫦娥雖然對后羿過度衝動感到非常生氣，但責罰已定，她也只能隨后羿被貶入凡間了。

他們在凡間才過了一小段日子，就體認到與天庭生活比起來，人間百姓的生活是如此清苦，后羿雖然是個射箭高手，但他所有才能也僅止於射箭，其他什麼都不會做。家中雖然請了幾個小婢女，嫦娥每日都還是要操勞家務。后羿偶爾教人射箭，但收入有限，從天庭帶來的金銀，天天變賣，也日漸短缺了。

貧賤夫妻百事哀，后羿天天外出找工作，嫦娥獨守在家等丈夫帶回好消息，卻一再落空，當然抱怨頻頻，日子一久，常常爭吵。嫦娥開始想念起神仙生活，對於犯法的不是她，她卻要跟著受罰，也越發的不甘心。這天，她突然想到櫃子裡珍藏著兩顆西王母娘娘送的仙丹，只要她服下，就可以回到天庭了。但是留下后羿一人在人世間，她有些不忍，怎麼辦？

到底要服還是不服那兩顆丹藥呢？她實在拿不定主意。只好去請教人稱神機妙算的占卜師有黃。有黃看了看卦象說：「這是吉利卦象。是輕快飛翔的歸妹卦，卦象顯示：你會獨自一人向西方奔飛。也許會遇到天空陰暗無光，不要恐懼、不要驚慌，以後你的運勢將會非常昌旺。」嫦娥離開占卜師家後，心中踏實許多，原來她的命運早就安排好了，她將一個人飛回天庭，原來這是命啊！

她回到家，天色有點晚了，一輪明月正高掛在天上。后羿還沒有回來，她想這樣也好，否則夫君一定不會讓她離開的。她打算，先回到天庭後，再想辦法回來帶他走。

於是她打開櫃子的抽屜，拿出放著仙丹的盒子，一口氣吞下那兩顆仙丹。才想起應該給后羿留張字條，免得他找不到人。當她拿出紙筆，才沾上墨，就感到身子變得輕盈騰起，她的手握不住筆，筆應聲落下，在紙上畫出一道向上揚的墨跡。她的身子飛出門外，飛上天去，正如占卜師有黃所說的卦象，她覺得自己正要飛回天庭見到親人。

當她低頭再次回望她與后羿居住的人間屋舍時，隱約看到后羿小小的身影，使力的向她揮手嘶喊，但她聽不見了。正如卦象說的，她往上飛遇到一層陰暗無光的雲層，她有些害怕，默念著卦辭：「也許會遇到天空陰暗無光，不要恐懼、不要驚慌，以後你的運勢將會非常昌旺。」

終於看到亮光了，她慢慢的停在一棵非常高大的桂樹邊，但是她感到納悶，她曾走遍整個天庭，卻從沒見過這棵桂樹。

當她想拍拍身上的塵埃時，卻驚訝的發現，不知何時自己竟全身長滿疙瘩，變成一隻蟾蜍。驚嚇之餘，抬頭看到不遠處有一座宮殿，宮殿的匾額上端正的寫著：「廣寒宮」。

難道……難道她飛到傳說中荒涼、渺無人煙的月宮了嗎？

她難過的望向陰冷的荒漠，眼淚不停自蟾蜍眼滴下，她張開大大的蟾蜍嘴，向凡間方向用力嘶喊著：「后羿夫君！怎麼辦？快來救我！快來救救我呀！」

縣城變湖泊

臨近長江邊有一個叫巢縣的小縣城，當地居民都知道這裡的江水會隨著潮汐規律的漲潮退潮。

跟平日不同，這一天江水突然暴漲，一波一波漫過江岸，居民十分害怕。所幸，不久江水很快就退去。他們發現退潮後的港口，擱淺了一條重達一萬多斤的巨魚，無法游離。才過了三天，巨魚就死了。大家商議著：「反正魚死了，就把牠吃了吧！」這條巨魚真的很大，縣城裡從縣長到百姓，大家都可以分到魚肉。只有一位老婦人堅持不吃，其他人雖然不解，也就隨她去了。

說也奇怪，當天晚上，老婦人夢

見一位老頭子來到夢裡對她說：「那條巨魚是我的兒子，遇到這次大水患，不幸擱淺在港口，被人類吃掉了。只有你沒有吃他，真是謝謝你！我要好好報答你，請你務必要記得，如果東城門口的石烏龜眼睛變成血紅色，你們的縣城將會陷落，被大水淹沒，你要趕快逃命。」老婦人被這一席話嚇得驚醒過來，覺得夢中的老頭子那麼真誠，因此對他的話深信不疑。

從此，她天天前往東城門口，觀察擺在那裡的石烏龜。一個住在城門附近的小孩，發現這位老婦人每天都在城門外鬼鬼祟祟的，好奇的問：「老婆婆，你為什麼常常來東城門探頭探腦的呢？你在看什麼？」老婦人說：「小兄弟呀，你有所不知，有大事要發生了，我們這座城快要沉下去了。」小孩一聽，嚇了一跳說：「你騙人，我們這裡地勢那麼高，縱使來洪水也一下子就排光了，怎麼可能沉下去？」

「是真的，前幾日有位老頭子到夢裡跟我說啊，如果這東城門口的石烏龜眼睛變得血紅，我們的縣城就會陷落下去，所以我每天都來看石烏龜的眼睛有沒有流血，好通知大家趕快逃命。」

小孩聽了大笑：「哈哈哈！石頭做的烏龜怎麼會流血？作夢的事您老人家也相信，太好笑了。」然後他就一邊大笑，一邊頭也不回的轉身跑走了。老婦人想和他再說詳細一點，已經來不及，只好搖搖頭離開。

小孩回家後把這件事告訴父母，他的父母也說：「夢中的事怎能當真？那位老婆婆也太輕信了。」很快的，這個預言被當成笑話傳到左鄰右舍耳裡，大家都譏笑老婦人腦子不清楚。老婦人並不在乎大家怎麼說，仍每天來看石烏龜。

不久城門附近開始流傳一首童謠：

「瘋話傻話大笑話，錯把夢話當真話，城門石龜會流血，城會淹沒成湖水。」

此後，城門外常有一群孩子圍著石烏龜一面跳、一面唱著這首童謠。這讓守城門的兵士不勝其擾，以前老婦人雖然每天來看石烏龜，但是一趕她，她就安靜的離開。現在竟然連小孩子都把城門當遊戲場，趕走一批又

來一批，這怎麼得了。守城門的將領一怒之下，下了一道命令：「凡在城門下嬉戲者一律受重罰。」百姓最害怕嚴刑峻法，這才遏止孩子們來此遊戲。但是卻無法阻止那位憂心忡忡的老婦人，她仍跟一般進出城門的路人一樣來來去去，兵士也只能對她視而不見了。

這個可怕的預言隨著童謠慢慢的傳遍整個縣城，縣太爺也耳聞了，他震怒道：「怎麼可以讓這種無稽之談，妖言惑眾？」於是他勒令守城將領三天內阻止謠言再散播。守城將領接到縣長命令很是苦惱，一來謠言是隨民眾的歌謠散布的，老婦人並沒有主動散布謠言；二來她和一般進出城門的路人一樣路過，並沒有違反城門的規定，如果說因為多看一眼石烏龜，就要判她罪，實在說不過去。但是事情也真的是因她而起的，縣太爺的命令要如何執行才好呢？

其中一位守衛提出建議：「既然不能治她罪，也趕不走她，就順她的意，把她嚇跑。讓她以後不再出現，謠言就不會傳播了。」將領無計可施，就採納守衛的計策。

隔天，守衛殺了一條狗，將狗血塗在石烏龜眼睛，當老婦人像平常一樣來到城門口，看到石烏龜血紅的眼睛時，嚇得驚叫：「不得了，城要沉下去了！城要沉下去！大家快逃呀！快逃呀！」她一面大喊，一面三步併作兩步拚命跑回家。

城門將領、守衛和路人看到她倉惶逃走的樣子，都忍不住大笑：「看呀，這無知的老婦人專做傻事。」整座城門笑聲一片。

就在一傳十，十傳百，城裡的譏笑聲還沒停止時，由遠而近傳來一陣陣「轟隆隆——轟隆隆——」的大水聲，很快的，洪水一波波的湧向城門，湧入城裡。

縣府的書記官看到縣府門外洪水愈漲愈高，直覺大勢不妙，急忙派一名官員去向縣太爺報告。這時，正忙著批公文的縣太爺聽到匆忙進來的腳步聲，抬頭看到進門的官員，先是瞪大眼睛，接著從位子上跳起來，大叫：「你、你、你是誰？怎麼變成魚的模樣？」同時間，那名官員也嚇得直發抖說：「縣、縣太爺，您您您怎麼變成魚了？」他們不約而同轉頭看看四周，縣府不知何時已淹沒在水中了。

「救命啊，有誰快來救救我呀！」在此起彼落的求救聲中，整個縣城已經淪陷成一座大湖泊了。

匆忙逃離縣城的老婦人，手上挽著早就準備好的包袱，一臉驚慌的往縣城的相反方向跑，心裡煩惱著不知要逃往哪裡？這時候不遠處走來一位穿著青色衣服的男童。男童走到她面前，禮貌的對她打躬作揖說：「我是海龍王的兒子，特別來為您帶路的。」老婦人看他很誠懇，就跟著他走。那個青衣童子帶著老婦人一路爬上一座高山。當他們爬到半山腰時，老婦人忍不住回頭俯瞰山腳下的巢縣，只看到一汪尚在盪漾的湖泊。

2 與神同行誰夜哭

愛炫耀的千年妖

一隻已經修煉一千多年的花狐狸，住在戰國時期燕昭王的墓前，法力變幻莫測。有一次牠聽說當今晉惠帝的大臣中，有一位司空大臣叫張華，上知天文下知地理，不但是當時人人欽佩的文學家，也是政治家。花狐妖覺得不服氣，牠想，那張華憑著他寒窗苦讀，不過是那一點點才智，就被如此尊崇，有什麼了不起的。還不如我千年修行的法術，怎麼變，都比他有學問，且讓我去挫挫他的銳氣。於是牠變成了一個博學多聞的書生，想去拜訪張華。

離開前，牠請教同住在燕昭王墓前的一根雕刻精美的墓柱：「墓柱先生啊，你從一棵大樹到現在被雕刻成墓柱，也修煉上千年了，你一定知道，每個時代都會出現一些有才氣的人，你看憑我這樣的才華洋溢，可以去拜訪那位學問淵博的張司空嗎？」墓柱悠悠的回答：「你這麼能言善辯，當然沒有問題的。只是張司空的才智氣度非一般人能比，恐怕你這一去不但不能讓他折服，反而招來羞辱，說不定還回不來了呢！我擔憂最壞的情況是，不但你深厚的法力被毀，連我這修行千年的墓柱也會被你連累了。」

花狐妖哪聽得進墓柱的勸告，直接就登門拜訪張華。張華一見這位年輕書生，長得一表人才、風流倜儻、玉樹臨風，氣度從容不迫，舉手投足溫文儒雅，就十分敬重他。於是花狐妖開始向張司空論述文章的優劣好壞，批評當代作家的聲名和才能，他所說的精闢內容，都是張華從未聽過的論調，讓張華對眼前這位書生另眼看待。

張華接著和書生討論當時最重要的三部史書：《史記》、《漢書》、《東觀漢記》；隨後，他們又深入探討諸子百家的精妙道理。書生不但能暢談《老子》、《莊子》的奧妙哲理；也能分析《詩經》中《風》、《雅》這兩種類型詩歌的特別意涵。他融合儒家哲人的學問；還能進一步批判儒家學派的優缺點；並指出當時禮法的缺失。張華看這位書生年紀輕輕卻能高談闊論，覺得自己的學問實在不能和他相比。

書生滔滔不絕的談論學問，讓張華甘拜下風了。但是他仔細一想，覺得有些奇怪：「一般天才少年郎的名望和才情，常常會慢慢傳播開來，一再被肯定，被推崇才能、聲名遠播的。可是眼前這位才子，卻是從未聽聞、憑空出現，真是奇怪！」

張華開始起疑：「這書生會不會是狐妖變的？讓我來試探他，看看究竟是人？是妖？」於是命僕人打掃房間，留他住下，又私下派部下防範他。這書生知道張華找人看守他，便告訴張華：「您應該要尊重賢能的人才，包容一般老百姓，鼓勵聰明能幹的人和同情那些沒有能力的人。怎麼能忌妒別人有學問呢？墨子也提倡要平等互愛，您想他會像您這樣對待我嗎？」書生說完，便向張華告辭，踏出房門準備離開。

這時，張華的部下早已守住門口，書生出不去。左思右想，停了一會兒，他又對張華說：「您在門口部署了士兵擋住我的去路，擺明就是對我懷疑吧！您這樣做只怕以後天下有才學的人，都會閉上嘴巴不敢再和您談論學問了；有智慧有謀略的賢人，只會望著您的家門不敢再走進來與您論理。我真的為您感到可惜。」張華沒有理睬他，反而命令士兵更加嚴密防守。

這時，正好豐城縣縣長雷煥來拜訪張華，他也是個見聞廣博的人，張華把書生的事告訴了他。雷煥也覺得這位書生談書論文的行徑，不同於一般書生，他說：「如果你懷疑他是鬼怪或狐妖，何不找獵犬來試探他一下呢？」張華就找獵犬來試探，花狐妖竟然態度從容，沒有一點害怕的神情。花狐妖還對張華說：「我是天生就有這種才華，沒想到你反而把我當成妖怪，還用狗來試探我，你千方百計試探我，真的能傷害我嗎？」張華聽了花狐妖這樣傲慢的口吻，更加惱火了，他肯定的說：「這書生一定是真的妖怪。雖然妖怪怕狗，但狗只能識別修煉了幾百年的妖怪，對那些修煉了千年以上的老妖怪，就無法分辨了。一定要點燃千年的神木來照亮牠，才能逼出牠的原形。」

雷煥問：「千年的神木，到什麼地方去找呢？」張華說：「傳說燕昭王墳前豎立有一根雕刻精美的墓柱，是用千年神木所做。」說完，就派人去砍下墓柱。派去砍墓柱的人在半路上遇見一個穿著青色衣服的小童，小童很好奇的問：「您來這裡做什麼呀？」派遣的人說：「張司空家來了一個書生，很有才學，善於辯論。但是張司空懷疑他是妖怪，派我來砍千年墓木回去燃燒，逼他現出原形。」青衣小童一聽，懊惱的說：「那隻花狐妖太不聰明了！就是不聽我勸告，今天果然大禍臨頭，而且還波及了我，看來我也是逃不過這場災禍了。」說完放聲大哭起來，一瞬間，這小童就消失不見了。

當墓柱被砍下時，竟然流出血來。張華命人點火燒墓柱，熊熊火光映照下，書生立刻變回花狐狸，張華迅雷不及掩耳跨步向前，在牠天靈蓋按上鎮妖符咒，只聽到「哎呀！」一聲慘叫，花狐妖癱軟在地。張華看了，不覺感嘆：「花狐妖和樹精修煉千年已成精怪，可任意傷人，後患無窮呀！如果不是我碰上了，再過一千年也不可能被人發現。應該除掉這兩個妖孽，為後人除害。」話才剛說完，熊熊的烈火中傳出微弱聲音：「冤枉啊！我雖然有千年法力，從來只忠心守護燕昭王的陵墓，沒有害人之心，為何要燒我？」張華想想，「此話有理，別燒他了。」

這時，之前那位青衣小童又出現了，他傷痕累累跪在張華面前，說：「感謝司空大人不殺之恩！小的還有一事相求，請求司空大人，也饒恕我的朋友花狐妖。我們相伴於燕昭王陵園，他雖然生性頑皮，愛炫耀，但從未傷過人。只因仰慕司空大人的博學，又怕您不屑他的粗鄙，才故意變成書生虛張聲勢，實在無惡意。況且您剛才對他施放符咒，他已失去千年法力，無法再作怪人間。請求司空大人明察，饒他薄命，讓我帶他回去陵園養傷。」

張華看著跪在面前的青衣小童，雖然受他那愛炫耀的朋友連累而遍體鱗傷，仍然負傷為千年好友求情。人世間有多少千年不變的生死之交？張華深受他們的友誼感動，就答應他的請求。青衣小童再三叩拜：「感恩司空大人大恩大德！我向您承諾，我們會好好看守墓園，終生不再離開。」說完，抱起受傷的花狐狸，和僅剩的半截墓柱，消失不見了。

秦老翁鬥鬼

琅琊郡城內有一戶大宅院，住著一位從官職退隱多年的秦老翁跟他的兒孫，一家三代向來和樂居處。秦老翁自幼好武術，年逾六旬，外表看似清瘦，拳腳功夫卻不輸江湖練家子。老翁性好交友，更好杯中物，平日喜歡與朋友相約酒樓喝酒聊天，常喝到幾分醉意才滿意的回家。

有一次，他又多喝了幾杯，直到夜色已深，才帶著醉意趕夜路回家。剛經過一座名叫蓬山廟的小廟時，忽然看到兩個弱冠之年的孫子前來迎接他，「爺爺，這麼晚了，我們特地在此等候您。」孫子如此孝順體貼，老翁心裡一陣歡喜。兩個孫子一人攙扶一邊陪他安安靜靜走回家，沿途他正想和這兩個個性木訥的孫子聊些什麼時，沒想到兩個孫子突然抓住他的脖子，把他按在地上，破口大罵：「你這死老頭，那一天你拿棍棒打我，我今天要殺了你。」秦老翁面對突來的情況一下子愣住了，孫子的態度也未免轉變太快。他仔細回想，他們說的「那一天」是哪一天，他想起不久前，曾經用棍棒教訓這兩個欺負下人的孫子，沒想到孫子懷恨在心，今晚竟然來報復。如果他不想辦法，一定會被他們活活打死。於是，秦老翁假裝被他們打死了，趴著不動，兩個孫子一看他死了，輕蔑的大笑：「這瘦小的糟老頭，年紀大了，果真不經打，我還沒有打過癮，他就掛了。」說著，丟下他，走掉了。

秦老翁趴在地上等了好一陣子，確定兩個可惡的孫子不會再回來了，才慢慢站起身來，一邊拍掉身上的灰塵，一邊揉揉瘀青的傷痕，拖著疲憊的身子慢慢走回家。他想這年頭，人倫常規都變了嗎？他前幾天責罰犯錯的孫子有錯嗎？晚輩怎可公然在街道上毆打祖父？平日教他們的三綱五常，都忘了嗎？他愈想愈生氣。

滿身傷痕的秦老翁步履蹣跚回到家，兒子、媳婦和家丁早已焦急的在門外候著。他還看到那兩個大逆不道的孫子，也若無其事的站在一旁。他怒不可遏，手指著他們，對兒子破口大罵：「你看！你這不肖子竟養出兩個忤逆倫常的兒子！」兒子一時間不知父親為何對孫子發怒，急忙和家丁扶著父親到大廳休息。並叫兩個兒子跪在祖父面前。

秦老翁一坐定，先不管傷痕累累，就大聲怒斥：「這兩個可惡的逆孫竟然想殺我，要不是我平日習武練功又詐死，今晚早就死在你們的狠拳之下了。」兒子和媳婦一聽，表情茫然，互看著彼此，頻頻搖頭。兩個孫子先是一愣，從未看過祖父如此生氣，接著，害怕又無辜的跪在地上連連向祖父磕頭：「我們做子孫的，怎麼會忘記祖父平日教導的倫理道德？今夜我們和父親、母親一直守在家中等候祖父歸來，未曾踏出家門。恐怕祖父是遇到近日在郡城一帶作怪滋事的鬼魅吧？求您再詳細查明。」

經兒子、媳婦和家丁證實，秦老翁相信他遇到的是兩位假孫子，所以對方不知他長年練功，才笑他身子弱，誤以為三兩下拳頭就會把他打死。原來那兩個假孫子，就是近日在郡城殺害無數人命的鬼怪。秦老翁沒想到這兩隻鬼怪竟然也要殺害他，豈能放任他們為非作歹，如果不除之而後

快，恐怕更多老百姓會遇害。要如何除怪？秦老翁左思右想，心生一計。

過了幾天，秦老翁假裝喝醉了，故意在蓬山廟附近醉顛顛的走著。遠遠瞥見上次那兩隻鬼怪又出現了。「老爺爺，這麼晚了，您喝醉酒，還要趕路回家嗎？讓我們來幫你忙吧！」這次兩隻鬼怪化身成路人。秦老翁故意借酒試探：「上次我莫名其妙被兩個人暴打，差點沒命，酒醒後也記不得那人是誰，幸好遇到好心人搭救，在家足足養傷一週，好不容易今天才出門喝酒解悶，難道你們兩位是上次偷襲我的人嗎？」鬼怪們故作鎮定，趕忙否認：「老爺爺誤會了，我們昨天才到這郡城。」「原來是我酒喝多了認錯人了，你們來得好，我的舊傷有點痛，那就麻煩兩位小伙子扶我一下吧。」跟上次一樣，他倆一人一邊攙扶著秦老翁。

此時不行動，尚待何時？秦老翁雙手各搭在兩隻鬼怪肩上，順勢一把抓緊鬼怪脖子。脖子被狠狠一掐，鬼怪動彈不得立刻現出醜陋原形，秦老翁並不怕惡鬼，他使出強而有勁的臂力把兩隻鬼怪連拖帶拉的抓回家。這兩隻狡猾的鬼怪，一到秦家就變成兩個硬邦邦的木頭人偶。「以為變成木偶我就奈何不了你們嗎？我才不在乎你們變成什麼，我有的是辦法。」他把人偶放在火上燒烤，人偶肚子和脊背都被烤焦並且裂開了。他以為這樣鬼怪應該被烤死了，就把烤焦的鬼木偶丟到院子裡，想明早再處理。沒想到這兩隻鬼怪也詐死，趁半夜沒有家丁看守，就一溜煙的逃走了。隔天秦老翁到院子裡才發現，錯失了殺鬼怪的時機，懊惱不已。

自此，他便隨身藏著一個法力無邊的鎮鬼法器「終葵」，等待機會好降伏這擾亂民間的鬼魅。

事情過了一個多月，這天，他和久違的老朋友敘舊，多喝了幾樽酒，又比平日晚了兩個時辰離席，帶著幾分醉意趕夜路回家。而在家中等候的兒孫，眼看著夜深了秦老翁還沒有回來。家人擔心他又被鬼纏住，兩個孝順的孫子就結伴一起去迎接祖父。在距離蓬山廟前百餘步時他們看到祖父踩著醉步走來，兩個孫子急忙迎向前去。「爺爺，今天怎麼這般晚了，我們特地前來接您。」

秦老翁抬頭一看孫子嘻笑走來。說時遲，那時快，他跨前一大步，大聲喝斥：「可惡鬼魅，看你往哪兒逃！」同時手握「終葵」蓋向孫子頭頂，兩個孫子嚇得左滾右倒趴在地上，難道祖父誤認他們是鬼怪嗎？突然後方傳來：「求大爺饒我們一條殘魂啊！我們再不敢了！再也不……」他們轉頭一看，聲音隨著兩團黑煙慢慢散開，不見了，祖父手上的法器有一面全燒焦了。「你們太沒有防備心了，那兩隻鬼怪鋒利的指甲都已經指向你們的脖子了。」兩個孫子摸摸自己的脖子，這才知道，原來剛剛祖父救了他倆一命。

兩個孫子再三向祖父鞠躬致謝，鬼怪被消滅了，祖孫三人便安心的往回家的路走去。

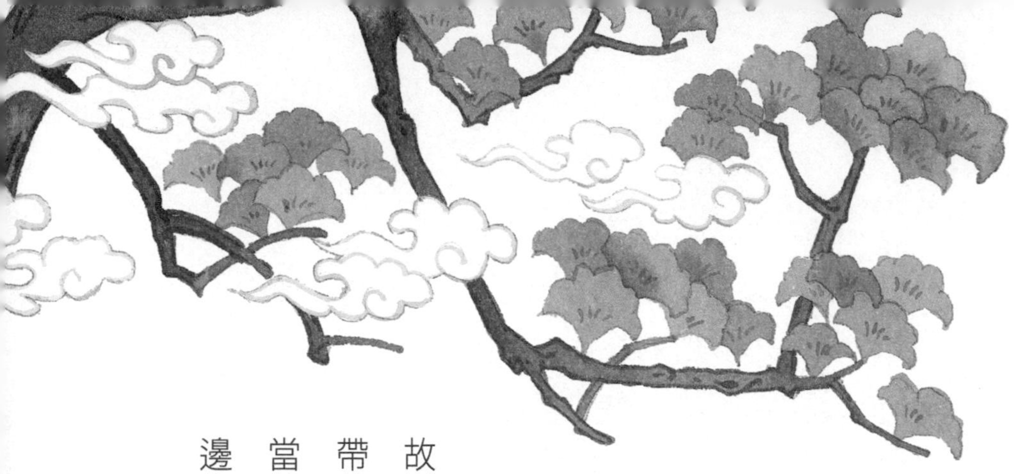

披頭散髮的旄頭騎兵

春秋戰國時代的秦國原是西方邊陲的諸侯小國，靠著軍紀管理嚴謹，將士驍勇善戰，與周邊部族不斷爭戰擴張領土，鞏固國家地位。特別的是，每當出兵作戰，或是帝王出巡的前導者，卻是一隊披頭散髮的騎兵隊，他們被稱為「旄頭騎」。做為先驅騎兵，為何會有如此奇怪的裝扮呢？

話說從頭，有一年秦文公帶著軍隊經過武都郡的故道縣，聽說當地有一座祭祀牛神的怒特祠非常靈驗，就帶著士兵去參拜。參拜後，秦文公順道參觀了廟宇周遭，當他走到祠廟旁邊，看到一棵高大的老梓樹貼著祠廟的牆邊生長，如果繼續抽高長大，可能會壓垮祠廟，於是派士兵去把老樹砍下。說也奇怪，士兵們刀子一砍，馬上風雲變色，颳起狂風，下起暴雨，而且樹幹上被砍的刀口馬上閉合，像沒砍過一樣，整整砍了一天，都無法砍它一個裂口。秦文公不信這種怪現象，又多增派了四十多個士兵，一起拿著斧頭奮力砍樹，一樣砍不斷那棵梓樹。

士兵們累壞了，紛紛回營區休息，其中有一個士兵腳受傷，走起路來異常疼痛，只好躺在樹下休息，不知不覺就睡著了，睡夢中他聽見一個鬼怪和樹神對話，鬼怪問：「和秦文公的士兵攻防戰，很累吧？」樹神回答說：「這哪裡算得上累？」鬼怪又說：「秦文公一定不會善罷甘休的，怎麼辦？」樹神回答說：「樹幹就是砍不斷，秦文公又能把我怎麼樣呢？」鬼怪接下來揶揄他：「秦文公如果用大紅絲線繞住你的樹幹，又叫三百個人披頭散髮，穿著紅褐色的衣服，一面撒著灰一面砍你，你真的不會被砍倒嗎？」聽完鬼怪這句話，樹神的傲氣不見了，沮喪的長長嘆了一口氣，不再吭聲。

第二天，腳傷的士兵立刻把聽到的話上報給秦文公。秦文公雖然半信半疑，在無計可施之下，只能姑且一試。他叫人在樹幹上綁上紅線，士兵們都穿上紅褐色衣服，接著每砍下一刀，就把灰撒上樹幹刀口上，老梓樹終於被砍斷了。當大家正在為砍倒樹歡呼時，突然從樹中跑出來一頭青牛，這一幕把現場所有人嚇了一跳。那頭青牛一路向前奔跑，為防後患，士兵立刻追了上去，最後他們看到這頭青牛跑進豐水中，從此就不見了。

秦文公不相信青牛會憑空消失，他派了多位士兵沿岸看守著豐水。過了好長時間，豐水一帶依然平靜無事。秦文公也就卸下心防，整頓部隊準備回宮。卻在此時，接到守岸士兵急報：「青牛從豐水中跑出來了，正在騷擾民家。」秦文公一聽，怒不可遏，這頭青牛分明是來挑釁。因此他馬上下令所有兵士傾全力，誓必擊斃這頭怪獸。大批軍隊帶著劍、弩，想射殺牠，可是不管兵器如何銳利，弓箭如何準確，青牛都能閃過，毫髮無傷。

接著，另一批騎兵也接續湧上，奮不顧身追擊而來，青牛卻四蹄生風似的飛奔，任憑這些精銳騎兵在後面苦追。騎兵隊正想放棄時，一位英勇的騎兵策馬揮刀從隊伍中衝到最前頭，一面大喊著：「如此妖孽，豈能饒

牠繼續作亂。」他一馬當先，展現威猛無畏的氣勢，其他騎兵立刻緊跟在後。眼看著就快追上青牛，這時奔跑的青牛突然煞住，回頭怒眼瞪向隊伍，發出一聲刺耳叫聲。戰馬受到這魔音穿腦，一下子亂了蹄，所有騎兵都從馬上摔到地面。這狠狠的一摔，大家的髮髻都散開了，樣子狼狽不堪。但是抬頭看到青牛就在不遠處，機不可失，騎兵們顧不得整理頭髮，紛紛披散著頭髮去追殺牠。青牛一看，竟然有一群鬃毛比牠更長更亂，又灰頭土臉的怪物騎在馬上，正向牠圍攻過來，非常害怕，自知無力對抗，就快速逃進豐水中，從此以後不敢再出來到人間搗亂。這件騎兵披頭散髮、為民除害的義舉，因而一傳十，十傳百，傳遍全國。

此後，在秦國的騎兵中，都會安排一隊披頭散髮的先驅騎兵，他們被稱為「旄頭騎」。而且這種旄頭騎的設置，不只春秋戰國時代的秦國有，還流傳到秦朝、漢朝、魏晉時期，凡是帝王要出宮時，隊伍前方，都有一隊披頭散髮的騎兵隊為君王開道。

書生擒妖記

山東安陽城的南邊有一座驛站亭，原本是公家提供給趕遠路的旅人休息住宿的處所。可是有很長一段時間，趕路的旅人途經那裡，不管天色多晚，都不敢在驛站亭裡住下來，因為據說只要在那裡過夜，沒有一個人能活命。

有一次，一位懂得法術的書生趕路經過驛站時，天色實在太暗了，他想就在驛站亭先住下。住在驛站亭旁邊的一位老百姓聽到這個消息，趕緊過來勸他，說：「你還是去附近的客棧住吧，這裡不太平靜，住過這裡的人從沒有活下來的。」書生說：「沒關係，我自己會應付的。」於是住進了客房。當晚，他在客房端坐著讀書，讀完書後才躺下休息。

到了深夜，書生偷窺窗邊，隱隱約約看到一個穿著黑色長衫的人，在門外走來走去，呼喊著：「亭主！」這時亭內有個聲音回應：「什麼事？」

穿黑長衫的人問道：「亭子的客房，今天是不是有人住進去呢？」那個被稱亭主的人回答說：「前不久，有個書生住進來，還在讀書，剛剛才躺下來休息，好像還沒睡著。」那穿黑長衫的人輕輕嘆了一口氣說：「還沒睡？唉，我來得太早了！」就離開了。過不久，又有一個戴著紅頭巾的人，在門外呼喊亭主，他和亭主問答的內容，都跟剛剛那位穿黑長衫的人一樣，問完話，他也輕聲嘆了一口氣，說了同一句話：「還沒睡，唉，我來得太早了！」就離開了。

他們離開好一段時間，驛站亭都靜悄悄的。書生知道應該沒有人會再來了，他起身，躡手躡腳的走到門外，就在先前那兩個人呼叫亭主的地方，模仿他們的聲音呼喊亭主，亭主果然跟著應聲回答。書生問：「亭中有人嗎？」亭主也像先前一樣回答：「前不久，有個書生住進來，還在讀書，剛剛才躺下來休息，好像還沒睡著。」聽到亭主這樣回答，可見亭主根本不知道書生已經悄悄離開客房。

於是書生繼續問亭主：「剛才穿黑長衫過來的人是誰？」亭主回答

說：「穿黑長衫的是北屋的母豬精啦！」書生又問：「那個戴紅頭巾的人是誰？」亭主回答說：「他呀，他是西屋的老公雞精啦！」書生趁勢再問：「那亭主你又是誰？」「我呢，當然是這一帶最厲害的老蠍子妖。」書生問完話，也學之前的母豬精和老公雞精一樣輕聲嘆了一口氣，然後躡手躡腳的回到客房。已經清楚那些妖怪的來歷，書生心裡有數，知道接下來要如何做了。於是他堅持著誦讀詩書，直到天明，不敢睡覺。

天亮了，住驛站亭旁邊那位百姓心想，可能要去幫那位書生收屍了，就帶著幾位鄰居前來驛站亭，當他們看到書生好好的站在他們面前時，吃驚得說不出話來，顫抖著說：「奇怪了！為、為什麼您能活下來？」書生說：「趕快找最鋒利的劍來，我帶你們一起去捉拿妖怪。」

百姓找來銳利的刀劍，他們握著劍先到昨天夜裡亭主應答的地方，果然發現一隻大得像琵琶的老蠍子正臥睡在那裡，牠身上的毒刺有好幾尺長，眾人高舉起劍用力刺向老蠍子，老蠍子來不及清醒已經一命嗚呼了。接著，他們到西屋看見那隻老公雞精，先假裝餵上許多飼料，等老公雞精走到飼料槽，大家就一舉砍下牠的頭。最後，他們來到北屋，老母豬躺在豬圈裡，眾人一樣用食物誘殺牠。老蠍子妖、老公雞精、老母豬精這三隻妖怪，一個個被剷除了，驛站亭裡沒有妖物作怪，恢復先前的平靜，從此不再有禍害發生，往返這裡的旅人，終於可以在此安心的休息住宿了。

賣惡鬼

南陽縣城有個叫宋定伯的人，當地人都稱他「鬼見愁」。為何有這番稱號？要追溯到他年輕時發生的一件事。

那段時日，在他住的縣城裡發生多起離奇的命案，只要超過三更未歸者，清晨會被發現個個像洩了氣一樣，全身乾癟倒臥路邊。屍體沒有任何傷痕，連仵作也驗不出什麼症狀。當地開始謠傳這些人遭惡鬼吸去魂魄，大家於是互相告誡：「二更一過，必須緊閉門戶。」宋定伯有幾個拜把兄弟，因為貪杯，延誤時辰，接二連三死於非命，令他悲慟萬分；又找不到凶手，為兄弟報仇，更使他憤恨不已。整日悶在家中，夜夜難眠。

這天夜裡他實在煩悶極了，想到屋外散散心。家人一再提醒二更前務必回家。不料他愈走愈遠，正想轉身返家，突然看到不遠處有個人慢慢的走向他，宋定伯以為是來問路的，靠近時他發現那人走路輕飄飄的，五官有些模糊。宋定伯無意間瞥見地上，微弱月光下，那個人竟沒有影子。他心裡一顫，莫非……莫非他碰上吸人魂魄的惡鬼了。

想到這裡，宋定伯心裡猛打哆嗦，他一再提醒自己，對付這種惡鬼一定要鎮定，冷靜應對才能活命。於是，他神情自若的問：「你是誰？」惡鬼帶著幾分驕傲的口吻回答：「我是鬼。」一般人聽到這句話，早就嚇得轉身狂跑了，但眼前這個人卻一派輕鬆，惡鬼不由得好奇起來，也反問他：「那你又是誰？」宋定伯立刻心生一計，說：「巧啊，我也是鬼。」

惡鬼聽完，立刻自作聰明說：「莫非你也要來吸人類的精氣？告訴你，你來晚了，之前那些笨人早就被我吸光了。現在這裡的人變聰明了，天一暗，早早關門躲在家裡。我已經在縣城裡繞了兩圈，還沒找到人。剛遠遠的還聞到你身上有人味，以為終於可以享受一頓，沒想到，原來你也是鬼。」

宋定伯初聽可惡的惡鬼吸了人魂魄，還笑人類笨，怒火中燒。但是這惡鬼不除，縣城永遠不得安寧，要除掉他，一定要從長計議。於是他故作輕鬆的說：「嘿嘿，你的鼻子真靈，我剛在隔壁縣城只吸乾一個笨人類，你就聞得出來。我是打聽到這縣城的人都喜歡夜不歸營，以為可以來這裡飽餐一頓。可經你這麼一說，我只好去別處了。」

惡鬼一聽忙著問：「你知道哪裡還有夜裡喜歡在外遊蕩的人嗎？」宋定伯回答：「我聽說宛縣那邊有一個大夜市，一到晚上就會聚集很多人，他們都玩到很晚才回家，就有機會下手了。」惡鬼一聽，說：「太好了，那我們就結伴一起去那個夜市享受享受吧！」宋定伯心想，先把惡鬼引出城，沿途再見招拆招了。於是便和惡鬼一起前往宛縣夜市。

才剛走了幾里路，惡鬼說：「你實在走得太慢了，只怕我們到夜市，天都亮了。不如我們輪流背對方走，比較快，如何？」宋定伯說：「那太好了。」惡鬼先背著宋定伯走了幾里，累得氣喘吁吁：「你這麼重，恐怕不是鬼吧？」宋定伯說：「哎呀，你有所不知了，我剛死沒多久，是一隻新鬼，陽氣還沒散盡，所以身體比較沉重。」接下來換宋定伯背鬼，惡鬼竟然沒什麼重量，宋定伯背著他輕鬆走路。就這樣，沿路輪流背著對方。

沿途宋定伯問惡鬼：「我是新鬼，不知道當鬼的要注意哪些事？請教你，我們當鬼的最害怕人類什麼？有沒有什麼忌諱？」惡鬼嘆了一口氣，說：「唉，一般人都怕鬼，光聽到『鬼』字就嚇得不得了，其實很多情況是人自己嚇自己。說到忌諱，我們鬼呀，最不喜歡沾到人類的口水了。所以你要記得，萬一遇到有人吐口水，要趕快避開。」「喔，原來如此，謝謝你提醒我，我會牢牢記住。」

快到夜市途中碰到一條河，河上沒有橋梁，他們必須涉水過去。宋定伯心想：「不知鬼怎麼渡河的？我要先知道，才不會露出破綻。」於是他請鬼先渡河，他發現惡鬼從河面上點水而過，輕飄飄的，沒有一點聲音。輪到宋定伯過河，他每移一步，水面就發出嘩啦嘩啦的水聲，他心裡開始盤算著等一下如何解釋。

果然，他到了對岸，惡鬼皺緊眉頭問：「你到底是人還是鬼？涉水聲怎麼那麼吵雜難聽，跟人類渡河嗶嗶啵啵的聲音沒兩樣。」宋定伯額頭早已狂冒冷汗，卻攤開雙手慢條斯理的回應：「不是跟你說過了嗎？我剛死，陽氣未散盡，我是新鬼還在適應鬼界的生活。實在不熟練如何涉水，才會如此大聲，過一陣子就會像你一樣輕飄飄的水漂過河了，請你不要見怪。」「說的也是，想我剛當鬼的時候，也適應了一段時間。」惡鬼覺得他說的有幾分道理，就不再追究了。

惡鬼一看時辰，「快！快！我們一定要快點趕到夜市。萬一天亮了，陽光一照，我們會化為烏有，永世不能投胎。」宋定伯心裡一陣竊喜：「得救了！」他大膽提議：「我背你，趕路比較快。」惡鬼同意了，宋定伯立刻把鬼背在身上。

他們到宛縣的夜市入口，惡鬼說：「夜市到了，放我下來吧，等一下我們就各走各的。」宋定伯硬是把惡鬼扛在肩上，惡鬼被抓得哇哇鬼叫起來：「你這新鬼怎麼了？快放我下來。」宋定伯根本不理他。惡鬼反而害怕，一再哀求：「你這隻奇怪的新鬼，求求你趕快放我下來，你不想投胎，我還想找個人抓交替呀！」宋定伯死命扛住他，到了市場上，才將他一把

羊

從肩上拽下來，扔在地上。

說也奇怪，惡鬼一被丟到地上，立刻變成一隻肥羊。宋定伯看了更加生氣：「你這可惡的惡鬼吸了那麼多人的魂魄，怪不得這麼肥。」抬頭看到不遠處有個賣羊肉的攤子，心想：「你這惡鬼還想找人抓交替，絕不能留你害人。」他抱起肥羊走到羊肉攤子。「老哥，你要不要買羊？我這隻肥羊便宜賣給你。如何？」羊肉攤老闆看到這隻肥羊高興的說：「太好了，我今天正缺羊隻，就賣給我吧。」老闆以一千五百文買下這隻肥羊。

此時肥羊開始發出怪聲掙扎起來，宋定伯怕有所變化，猛對著牠吐口水，並且回過頭跟老闆交代：「這隻肥羊有時會鬼吼鬼叫的，只要對著牠吐吐口水，牠就會安靜。」說完，帶著那一千五百文，高高興興的回家了。

天色微亮，宋定伯才到家門口，屋內正傳出一陣陣哭號。原來他一夜未歸，家人以為他被惡鬼害死，個個哭成淚人兒，急得到處找屍體，連左右鄰居也去幫忙打聽。現在卻看到他好端端的站在眾人面前，手裡還拿著一掛錢。問他遲歸的原因，他輕鬆自若的回答：「賣鬼去了。」

大家都很好奇，宋定伯一五一十的述說昨夜遇惡鬼的事，眾人都佩服他的沉著、冷靜和機智。這件為民除惡鬼的事太驚奇了，就這樣一傳十，十傳百，繪聲繪影的傳遍了各縣城。

3 鬼使神差人鬥智

瘟神的部下來了

王佑在朝擔任皇帝的散騎侍郎官，得了重病，氣息奄奄。他自知來日不多，正與母親訣別時，聽見下人通報，有賓客來拜訪，下人又說明，那個賓客是同鄉人，曾經擔任過州刺史的佐吏。王佑平日曾聽過他的姓名，也很景仰他，因此雖然重病在床，也請僕人快快迎接他。

過了一會兒，那人到來，對王佑說：「我與您都是讀書人，有一見如故的緣分；我們又是同鄉，感覺特別親切。今年國家將會有戰事發生，必須到各地徵調民間的人力和物資。我們一行十幾個人，都是趙公明的部下，倉促來到這裡，看見您的府宅高大又寬敞，所以前來您府上借住歇息。今天能夠和您結識，真是太好了。」

王佑一聽到「趙公明」這傳聞中鬼界將軍的名字，立刻明白，原來眼前賓客是鬼界來的官兵。他心裡一怔，這鬼官兵可能是要來召他去鬼界的。另一方面，他又想，也許可以借力使力，請求鬼官兵化解他的宿命。他說：「我不幸染上重病，死期就在眼前。現在能碰上您，求您救我一命。」

沒想到鬼官兵卻回答：「人生難免一死，死後和在世的身分貴賤都沒關係了。我現在帶鬼兵三千，很需要您來統帥，如果您答應，我就把帶兵的檔案簿冊交給您。這是難得的機會，您應該不會推辭吧？」王佑說：「我也知道這是難得的機會，但是我老母親年壽已高，又沒有兄弟，一旦我死了，就沒人奉養她老人家了，怎麼辦？」說到這裡王佑已經泣不成聲了。

那鬼官兵聽完也心軟，跟著悲傷起來：「您擔任侍中這樣的高官，為官清廉，家裡沒有多餘的錢財，實屬難得。剛才聽見您與母親訣別，句句痛入心扉。這樣看來，您不只是陽間國家出眾的人才，也是一位侍親至孝的孝子，怎麼可以讓您魂歸冥界呢？我會想辦法幫忙您的。」說完，便起身要走，突然又回頭告訴王佑：「我明天會再來。」

隔天，那位鬼官兵真的來了。王佑怯生生的問：「您答應讓我活下去，

這樣的恩惠真的會實現嗎？」鬼官兵嚴正的回答：「我已經答應了的事，難道還會欺騙您嗎？」王佑仔細看著他身邊帶領的鬼兵，約有數百個，各個身高都只有二尺左右，穿著黑色的軍裝，還用紅色的油彩畫上了標誌。王佑為酬謝這些鬼官兵，特地在家裡擊鼓祈禱，祝祭他們。那些鬼兵聽見鼓聲，開始隨著節奏翩翩起舞，他們揮動著衣袖，發出颯颯的聲響。

王佑要準備酒宴款待他們，鬼官兵卻推辭說：「不必多禮，我此次來是為你除病的。」接著便站起身來告訴王佑：「你的病症在身體內，熱得像火一樣，應該用水來化解它。」然後他就拿了一杯水，掀開王佑的被褥，把水澆下去。又對王佑說：「我留給您十多枝紅色簪筆，放在蓆子底下，您可以拿來送給人，讓他們當作簪子用，能避過災禍，做什麼事都能順順當當。」他又說：「你認識的王甲、李乙，我已給過他們簪筆了，他們能化險為夷。」離開前，他握著王佑的手，向他告別。

當天晚上王佑原本睡得很安穩，半夜裡忽然驚醒過來，大聲呼叫身邊的僕人，要他們掀開被子，他說：「剛剛鬼官兵拿水來澆我，我的被子都快濕透了。」身旁照顧他的僕人掀開被子一看，果真有水。但這麼多水就像露水在荷葉上一樣，只留在第一層被子和第二層被子之間，並沒有滲透到王佑的身上。量了一下被子裡的水有三升七合之多。

王佑的重病經鬼官兵用水化解後，已經好了三分之二，又經過幾天調養都痊癒了。後來聽說凡是那位鬼官兵說要帶走的人，在人間都已死了。而那些拿到紅色簪筆的人，雖經歷了疾病和戰亂，真的都能平安無事。

以前在民間曾經流傳一本鬼怪書上說：「天帝派趙公明、鍾會等將軍，他們各自統領幾萬個鬼，來陽間捉人到陰間加入鬼軍隊。」當時沒有人知道這些鬼長什麼樣？在哪裡？等王佑病好之後，找來這本鬼怪書，發現書上的描述，與當時那位鬼官兵所說的趙公明形象完全吻合。這使王佑更相信，趙公明的部下鬼官兵，真的曾經來找他去鬼界帶兵，也真的救過他的性命。

死而復生的李娥

漢獻帝年間，武陵郡發生了一件離奇的怪事。郡城裡有一個叫李娥的婦人家，年紀雖然已六十歲，身體非常健康硬朗，卻因一場小病死了，家人傷心又不能接受。可是人都過世了，就將她埋在郡城外的墳場。

李娥家鄰居住著一個遊手好閒的無賴叫蔡仲，整天異想天開不做正事。這一天他又在市街上一家小酒鋪子喝閒酒，和酒客打屁，吹噓他將來會賺很多錢。掌櫃的實在看不過去，就插嘴說：「喂，蔡仲呀，我記得你前幾天才因為手腳不乾淨，摸走對面餅鋪兩個大餅，被餅鋪老闆打了幾個耳刮子，看樣子，現在臉皮消腫了，忘了？」「哎呀，甭提那件事了，其實我是一時忘了付錢，那個老闆太不厚道了。將來我賺大錢，小心，我把那餅鋪給買下來。」在座的人一陣哈哈大笑，譏笑他在吹牛。

這時，店門外正好走進來一位蔡仲熟識的客人叫李黑。他一進門悄悄

的對蔡仲附耳說：「有錢也要有命花呀，你不知道嗎？告訴你一個沒人知道的祕密。你家隔壁那位富家女主人李娥，雖然富裕，但是死後留著那麼多金銀珠寶只能為她陪葬，又有什麼用？人死了，又無法醒過來花錢，白花花的銀子和黃金只好擺在棺木中，實在可惜。」蔡仲一聽，眼睛頓時亮了起來，但馬上又裝出一副不在意的樣子，若無其事的說：「真的嗎？實在可惜呀！」然後就向李黑告辭，自個兒離開了。

走在路上，蔡仲心裡很懊惱，和李娥兩家雖是鄰居，因為身分差距太遠，平日都不往來。李娥過世時，他還覺得鄰居喪事有晦氣，早就避得遠遠的，根本不知她有這麼多陪葬品。接著他屈指一算，李娥才過世十四天，應該沒人知道這消息，到底是鄰居一場，何妨去墓地向她「借」點金銀珠寶來花花。這麼一想，他腳步輕盈起來，精神愉快，趕著回家準備準備。

當晚趁著月黑風高，他拿著斧頭走入墳場。找到李娥的棺木，當頭劈了幾下，突然聽見棺材中傳來：「蔡仲，你可要保住我的頭呀！」怎麼棺木會說話？嚇得蔡仲連滾帶爬衝出墳場。他死命逃跑時，正巧被路過的官員撞見，覺得這個前科累累的慣竊行為太奇怪了，就把他逮捕到衙門審問。按照當時的律法，死者為大，蔡仲任意盜墓，破壞墳場，應該在市街上處死示眾。

李娥的兒子聽說母親還活著，立刻帶人趕來把母親從棺木裡接出來，高高興興的攙扶她回家。武陵太守聽說李娥死而復生，非常好奇，便召見她了解事情的經過。

原來李娥到了陰府，陰間判官檢查了生死簿才發現，她是被誤召來的，立刻要放她返回人間。在等待被送回陽間時，正巧碰見表兄劉伯文，在「異地」見到親人，他們都很驚訝，彼此聊到去到陰府的緣由。表兄說他命數該絕，已化成陰間魂魄。但李娥心中有很多擔心的事只能向表哥求助，首先，她不認得回陽間的路，沒有能力一個人趕路，她希望表哥幫她找個伴一起回到人

世間；還有，她去到陰府已經好多天，留在陽間的身體早就被家人埋葬了，她很擔心回到人間後，不知怎麼離開棺木。

貼心的表兄看到她那麼焦慮，就說：「別擔心，我去幫你問一問。」他拜託守門的士兵去向管生死簿的判官請求，說：「那位被誤召到陰府的武陵郡婦女李娥是我的表妹，今天她要被放回。但是李娥在這裡已有好幾天了，肉體已經埋葬了，要怎麼讓她離開棺材？還有，這婦女體質虛弱，在陽世很少獨自外出，是否能為她找個伴呢？請幫幫她，讓她平安回陽世。」這位判官知道錯在自己的屬下，如今讓她獨自回陽間，萬一途中出了什麼差錯，這罪他實在擔當不起。於是翻開近日的判案，仔細查看。

突然他看到判決書上，前天有一條類似的判案。武陵郡近郊有個男子叫李黑，也因誤召要放回陽間，可以讓他們作伴同行。然後再請年輕力壯的李黑，故意放風聲給李娥那個愛錢的無賴鄰居蔡仲，叫他來挖開墳墓讓李娥出棺。

當李娥和李黑要結伴離開陰府時，表兄劉伯文特地來送行，表兄說：

「你我今日一別，從此陰陽兩隔。但想託你一事，等你回到陽世，請送這封信給我的兒子劉佗。」於是李娥便帶著信和李黑一起回到陽世。

太守聽了這一席話，想驗證一下李娥的話是否真實，就派遣騎兵到武陵郡西面邊境查問李黑，果然他與李娥所說的情況完全相合，連請託送信一事，都說得一清二楚。太守感慨的說：「天下的事情真是不可思議啊！」他立刻向朝廷呈報案情，認為蔡仲雖然挖了墳，卻是遭鬼神設計才做的。他即使不想挖，那情勢也使他不得不挖。請求將蔡仲的盜墓罪刑從輕發落。皇帝了解這樁奇案後，下詔書同意太守的判決。

等審案結束後，李娥依約，把劉伯文的信送給了劉佗。劉佗認出那信紙是父親死亡時陪葬箱中的公文紙。紙上原來有的表章還在，只是上面寫的書信文字讀不懂。劉家人請通靈的道士費長房，來讀這封陰間來的書信。原來信中寫的是：「佗兒，我即將跟隨閻羅殿泰山府君出外巡視。我們會在八月八日中午時分，在武陵城南護城河邊稍作停留，到時候你一定要到那地方來。」

到了約定的日期，劉佗帶了全家大小在城南等候父親。沒多久泰山府君的隊伍果然來了，只聽見人馬喧騰的聲音繚繞護城河。劉佗在吵雜的聲音中，卻能清楚聽到有聲音喊道：「劉佗，你來！你收到李娥傳給你的信了嗎？」劉佗說：「已經收到了，所以我才來這裡。」伯文一個一個呼叫著全家大小的名字，問候生活近況；過了好一陣子，他非常悲痛的說：「死生兩個世界，不能經常知道你們的消息。我死後，兒孫們都長得這麼大了。」又過了很久，他對劉佗說：「明年春天會流行一場大瘟疫，我給你這顆藥丸，到時候你把它塗在家門上，就可以避開流行的怪病。」說罷就走了，劉佗始終沒能看見他的形體，但手中不知何時已經握著一顆藥丸。

到了隔年春天，武陵郡果然爆發大怪病，郡城裡白天都會見到鬼，只有劉伯文的家，鬼不敢進去。道士費長房覺得好奇，仔細檢查了那顆藥丸，驚奇的說：「原來是用驅疫避邪的神獸方相的腦子所做成的藥丸啊！」

就是不怕鬼

在郡城的西邊郊外，有一座供旅人休息和住宿的驛站亭。據說長期被凶惡的鬼怪占據，路過的旅人都害怕得不敢在那裡留宿。

郡城有一位名叫宋大賢的人，做人處世公正不阿。有一天，他來這座驛站亭樓上投宿，到了夜晚，他仍坐在那裡自在的彈琴，也沒有準備任何武器。半夜時分，忽然有一隻鬼現身，它爬上樓要來和宋大賢聊天。一見面，它故意瞪大眼睛，並且「唧唧！唰唰！」磨著尖牙，樣子猙獰可怕。宋大賢自顧自悠哉彈著琴，根本不理睬它，鬼覺得無趣，就自己離開了。

過了一會兒，鬼從街市回來，手裡拿著一個死人的頭，對宋大賢說：「你要不要稍微睡一下呢？」說完，故意把死人頭扔在宋大賢的面前。宋大賢說：「太好了！我晚上睡覺沒有枕頭，正想要這個東西呢！」鬼覺得這個人一點都不害怕，太無趣了，於是又離開。

這次過了很久，鬼才又再回來，因為從沒見過這麼不怕鬼的人，它實在忍不住了，就對宋大賢說：「既然你什麼都不怕，那我們赤手空拳打鬥一番，如何？」宋大賢回答：「好！」話還沒有說完，鬼已經跳到宋大賢的面前了，宋大賢立刻迎上，從後面抓住鬼的腰。鬼沒想到宋大賢的動作這麼快，被他緊緊勒住腰，著急得連聲鬼吼鬼叫起來：「快放開！快放開！我要死了，要死了！」「你本來就死了，別鬼叫，你就是喜歡變成惡靈來嚇人，真討厭，但我偏不怕！不把你滅掉又會有更多人遭殃。」於是從衣兜裡拿出準備好的鎮鬼符，按在鬼額上。鬼一面慘叫，身體一面癱軟在地。宋大賢把鬼殺了後，就自行離開。

第二天，天一亮，鄰近的居民聽了一夜慘叫聲，心裡都想著那位愛吹牛說不怕死的宋大賢應該已經被鬼殺死了，大家合力去幫他收屍吧。結果爬上驛站亭一看，只見一隻狐狸癱死在地上，原來那隻一再擾民的鬼，是隻修煉過的老狐妖變成的。這些居民想當面感謝宋大賢為當地消除禍害，找遍整個驛站亭，只看到宋大賢在門板上的留言：「為民除害，俠士本分，不必言謝。」

從此以後，這驛站亭樓舍開始有許多旅人來住宿，再也沒有妖怪出現了。

穿越陰陽定姻緣

漢朝時期，南陽郡有一位書生叫賈偊，字文合，只因一場小小的病痛就死了。

他死後進入陰間，陰府的鬼吏帶他到掌管陰間事務的泰山府君那裡報到。判官詳細查看生死簿後，嚇出一身冷汗，生氣的對鬼吏說：「你真是太糊塗了！又召錯人了，你看看，上面寫的明明是另一個郡叫文合的人，為什麼誤召了這個人？趁我還沒向上呈報，快快把他送回去，趕快召回那一位性命該絕的文合。」鬼吏滿臉慚愧頻頻說：「遵命！」便要把賈文合送回人間。當他們走出陰府外，鬼吏很為難的對賈文合說：「很抱歉，我召錯人了。理當馬上送你回陽間，但是判官限定我在時辰內，一定要去召回那位叫文合的人。兩邊路途相差甚遠，我如果趕著去召他，現在就無法送你回去。請你行行好，自己回陽間好嗎？只要沿著這條路一直往上走，

就能回到陽世了。求求你！拜託你！」賈文合看那位鬼吏被判官嚴厲責備，怪可憐的，就答應他，自己走回陽世。

賈文合走出城外天色已昏暗，他想先將就在前面那棵樹下過夜，等天亮再走。當他來到那棵大樹下，看到一個年輕女子站在樹下，便上前與她攀談：「姑娘看起來像是大戶人家的女兒。敢問故娘來自何方？為何同我一樣獨自趕夜路回陽世呢？」那女子看到眼前男子舉止有禮、長相斯文，又跟她一樣趕路回陽世，心中放心幾分，回答道：「我是三河人氏，父親現任弋陽縣的縣令官。昨天被鬼召來，今天發現召錯人就放我回去。唉！召我來的鬼吏是個迷糊鬼，這次召錯好多人，他說如果要一個一個送回陽間，要三天後才輪到我，因為擔心爹爹傷心過度，我只好自告奮勇自己回陽世。沒想到陰間的夜晚來得早，一下子就天黑了，我又怕夜路上容易遇到歹徒，這裡離泰山府君衙門不遠，我想壞人應該不敢靠近，就先在此等待天明了。」

這大家閨秀如此溫婉謙和，文合心中幾分歡喜：「不瞞姑娘，我乃書香子弟，家居南陽郡，歷代躬耕讀書，恪守品德義理，雖無江湖俠士蓋世武功，但憑家傳拳術，足以保護姑娘，請姑娘放心在此歇息，明日可結伴同行。」女子說：「公子的言談舉止，溫文儒雅，想必是個賢良君子，有你為伴，真是萬幸，返回陽世長路漫漫，煩你多擔待了。」賈文合聽到女子對他的讚美和信任，對這位美麗的女子倍加鍾情。

等到天亮，他們順利走向陽間路，兩人沿途有說有笑，更加情投意合。到了陽世間要各自返家的岔路口，賈文合進一步向女子表白：「我何其幸運！能認識你這位賢淑美麗的姑娘。我們的遭遇相同，又能結伴回陽世，這應該是老天賜給我們的緣分。」女子淺淺一笑：「是否有緣，初次認識，很難說得準，等我們在陽世活過來時，若你還記得我們這段旅途情緣，就請到弋陽縣府來向我父親說親吧！」文合一再表示自己對她的愛戀不會改變，一定會登門求親，然後依依不捨的告別，各自離去。

在陽間，賈文合早已斷氣兩天了，停喪完畢，家人正要將他放入棺木時，突然看到他臉上變得有血色，摸摸他心窩處也有溫度。才過了一會兒，賈文合居然甦醒過來，他死而復生，家人又驚又喜，謝天謝地。

活過來之後，賈文合念念不忘回陽間路途中遇見的那名美麗女子，也想驗證這件事到底是真是假。他來到弋陽縣，送上名帖拜見縣令。他問縣令：「聽說您女兒是死後又甦醒過來，是真的嗎？」縣令覺得奇怪，女兒死而復生的事，只有他的家族知道，並未對外告知，為何這位來自其他縣城的陌生人會知道？賈文合先向縣令說明他們都是被陰間鬼吏誤召，又巧遇結伴回陽世。接著他詳細描述所見女子的容貌特點、衣服顏色，以及他們對話的全部情形。縣令聽得半信半疑，就進屋內詢問女兒，正巧女兒所說和文合的講述完全吻合。縣令感覺這段陰間的姻緣完全是天作之合，就答應賈文合的求親，在陽間將女兒許配給文合為妻。

鬼媳婦要渡江

丹陽郡一戶丁姓人家，有個乖順美麗的女兒，十六歲時奉父母之命、媒妁之言嫁給了淮南郡的謝家。兩家門當戶對，本來是個圓滿的姻緣。偏偏遇上婆婆非常苛薄嚴厲，每天指派她做各種粗活工作，婆婆還定下規格和期限，若不在期限內完成，就招來婆婆狠心毒打。長此以往，丁氏媳婦天天被責打，礙於當時禮教，沒有婆家允許不能回娘家，當然沒有機會向娘家求援，讓她苦不堪言。

丁氏媳婦這樣被折磨了半年多，再也不能忍受，就在那年的九月九日輕生了。

丁氏媳婦的勤勞乖巧，街坊鄰居都看在眼裡，聽到她因不堪折磨而離世，大家都難過不捨。

她過世不久，當地開始流傳各種神靈應驗的傳說。有一次，她託當地巫師傳話：「大家應該考慮到當人家媳婦的，整天為婆家勞動，從不休息，非常辛苦。所以請讓她們空下每年的九月九日這一天，不用工作，好好休息一天。」她的傳話雖然大家都耳聞了，但當地非常傳統封閉，嚴格遵守古老法規，誰也不敢帶頭改變。直到發生一件事……

事情是這樣的：

有一次，丁氏媳婦現身在一個渡船碼頭，她穿著淡青色的衣服，披著黑色頭巾，帶著一個婢女，站在一處叫牛渚的渡口，找船家擺渡過江。正好有兩個漁夫，在一條船上捕魚，她請求載她們渡江到對岸。這兩個男人看到這一對主僕都是美麗的弱女子，心生歹念，嘻笑著調戲她，說：「你們如果順從我們，做我們的妻妾，就載你們渡江過去。」丁氏媳婦堅決的說：「我以為你們是好人，不想你們卻是是非不分、禮節不懂的歹徒。你們的行為如果算是人，應該讓你們陷進汙泥而死。你們的心充滿色慾、邪惡，只能算是鬼類，該讓你們葬身水中。」

說完，主僕隱退到草叢裡，不見了。這兩個男人嚇得一直發抖，船也搖晃得更厲害。

過了不久，有一個老人家剛好划著船過來，他的船上裝滿蘆葦。這次是丁氏媳婦一個人站在渡船口。同樣的，她請老人家載她渡江。老人說：「我這船沒有篷蓋，會讓你吹風淋雨的，怎麼好讓你露天渡過江去呢？這敞篷的貨船非常不適合你乘坐吧！」丁氏媳婦說：「我不怕辛苦，只求老人家載我一程。」老人就把蘆葦丟棄一大半，讓她能坐在船中，一路送她到南邊上岸。

丁氏臨別時對老人說：「不瞞老人家，其實我是民間傳說的丁氏媳婦，想必您也聽說過我的事蹟，我是鬼魂，不是凡人，我自己也能過江的。我這樣做，是想找一位正直的人士，傳達我的心願，希望家家戶戶都能體諒家中媳婦不眠不休的辛苦，每年至少給媳婦一天休息。我很感謝您

剛剛為了渡我過江，竟丟棄您賴以為生的大半蘆葦，老人家深厚的情意，實在令我感動，我當然要回報您。等會您回去的路上，一定會看見什麼，也會得到一些東西。」老人家回答：「我很慚愧，對你照顧不夠周到，哪裡敢接受你的謝意？」當老人說完話時，丁氏媳婦已經不知去向了。老人划回西岸時，在途中看見兩具男屍浮在水上。再向前划行了幾里遠，發現有上千條魚在水邊活蹦亂跳，風把魚群都吹到了岸上。老人就扔掉船上的蘆葦，裝滿魚回家去了。

老人家回到岸上，將剛剛遇見丁氏媳婦的靈異事件，告訴左右鄰居，大家看到一向忠厚老實的窮困老人家，船上滿滿的漁獲，知道他所說的不假。丁氏媳婦的靈驗事跡就傳開來了，這一帶的人家開始認同當媳婦的勞苦，大家訂下每年九月九日家家戶戶的媳婦可以不必工作，把這一天當作媳婦的休息日。體貼媳婦辛勞這件事，一傳十，十傳百，漸漸影響到更多縣城。

後來又有一則傳說，說丁氏媳婦的魂魄在完成為所有媳婦立下休息日後，她的魂魄就安心回到娘家丹陽郡去了。江南一帶的人都稱呼她為丁姑，直到現在，人們還會到她出生的地方祭祀她。

4 奇人異事古今有

就愛招惹道士

漢朝末年，曹操在許昌挾持了漢獻帝。吳國孫策想要渡過長江突襲許昌拯救漢獻帝。他聽說經常往來於吳、越兩地的道士于吉，道術高明，能給人祈福治病，預知未來，於是特別邀請他一起出征。

當時，他們備戰的地方天氣十分乾旱，非常炎熱。孫策就催促全體官兵，快快上船渡江向許昌進軍。軍船航行期間，他時常親自出去艦上巡視督促軍隊，卻看見所有將士官兵們一有空閒，就聚集在于吉那裡，聚精會神的聽于吉談話。看到于吉如此受官兵仰慕，孫策心裡不覺惱怒起來：「難道我這麼用心帶兵，還不如一個于吉嗎？你們這些小兵們，竟然都跑去依附他！」

孫策就派人去把于吉抓過來，且心生一計想為難他。孫策先責備他說：「天氣乾旱，一直不下雨，水路受到阻礙，航行困難，不知道什麼時候才能整頓好軍船渡過江去，所以我一早就出來指揮官兵。您不但沒有和我共患難，還安心坐在船中，裝神弄鬼，敗壞我的軍紀。今天我真該把你殺了！」

孫策命令部下把于吉綁起來扔在地上，讓他在烈日下曝曬。接著，又下了一道命令：「大家都說你是一位道行很高的道士，能觀測天象，能通鬼神。你就施展你的法力，讓我見識見識！你就在此展現你的通天能力，向上天乞求下雨吧！如果你能感動上天，中午之前下一場大雨的話，我就寬宏大量的赦免你，否則，就立刻執行死刑。」

孫策才下令沒多久，雲氣一直向上蒸騰，烏雲密布。一到中午，傾盆大雨凌空降下，河川山溪都漲滿水。官兵們十分高興，認為于吉一定能被赦免，大家就一起前往想慶賀並慰問他。誰知當他們一到甲板上，孫策卻在這時把于吉殺了。官兵們都很悲痛惋惜，偷偷把他的屍體藏起來。那天晚上，天上突然又湧起一大片烏雲，烏雲把他的屍體蓋住了。第二天官兵們前去查看時，于吉的屍體已經不見了。

孫策殺了于吉以後，常常覺得心神不寧。當他一個人獨處時，就感覺于吉坐在他身旁，使他更加厭惡于吉，精神也變得有點失常。後來他在作戰時被暗箭射傷背部，好不容易傷口即將痊癒時，他拿起鏡子檢查背上的傷口，卻看見于吉出現在鏡子中，他回頭查看，又什麼也看不見，這樣的情形連續發生好幾次。最後那次，他又摔爛鏡子、大吼大叫，焦躁的搖晃身體，背上傷口跟著崩裂開來、血流如注，才一下子時間，孫策就死了。

三國時期是個兵荒馬亂的年代，當時握有強大軍權的主帥，天天帶著軍隊到處征戰，誰也無法確定自己是否能立下戰功。身處在戰亂中的主帥，一方面深信道術，一方面又猜忌這些江湖術士。

除了道士于吉外，東吳國還有一位高明的道士叫徐光。

徐光有一次在街坊表演法術，一時口渴，他向賣瓜的人要一顆瓜吃。沒想到賣瓜的是個吝嗇之人，捨不得給一顆瓜。既然要不到瓜，徐光就向那個賣瓜的人要一粒準備丟棄的瓜種子。徐光用枴杖在地上挖了個洞把種子放進去。不一會兒，瓜種子開始發芽，長出來的瓜藤慢慢延伸出去，接

著就開花而且結瓜累累。徐光先摘下一顆來吃，忍不住稱讚：「太好吃了！」他大方的把剩下的瓜果，全部送給周圍的人。

賣瓜的人眼見徐光種下一小粒種子，一下就能結成瓜果，看得目瞪口呆，覺得這件事太不可思議了。他一面苦思徐光到底用什麼法術，能使種子立刻結成瓜果，一面回頭看看他還沒賣出去的瓜。這一看還得了，原來擺在攤子上的瓜果，不知何時竟然全都不見了。

關於徐光的奇幻法術不只這一樁，據說徐光能預測水災、旱災，非常靈驗。有一次他經過大將軍孫綝的門口，立刻提起衣服匆匆忙忙跑過去，一邊向左右吐口水，一邊用腳踩踏著。有人好奇的問他在做什麼？他說：「那裡到處都是流血的腥氣，實在讓人不能忍受。」這句話不久傳到孫綝耳中，覺得徐光實在太放肆了，惹他生氣，就把徐光抓過來。當面問徐光說：「聽說你討厭血腥味道。我想知道，你討不討厭自己的血？」說完就殺了他，砍去他的頭。說也奇怪，砍下的頭卻沒有滴下一滴血來。

事隔幾年，孫綝仗著他的權力威望，廢除孫權的幼子孫亮的帝位，改立孫休為景帝。當他正要坐上車前去參拜祖先陵墓報告此事時，忽然颳起一陣狂風，大力搖晃著孫綝的車子，並且把車子吹倒了。孫綝好不容易從傾倒的車子裡爬出來時，一抬頭卻看見徐光站在松樹上，一面比手畫腳的指揮風向，一面低頭譏笑他。孫綝問身邊的侍衛：「看見徐光沒有？」大家都說沒看見。

後來景帝即位沒多久，聽說孫綝想要謀反，於是找個理由就把孫綝殺了。

奇女子斬蛇妖

從前在中原的東南方有一個小國叫東越國，國內有一座數十里高的大山叫庸嶺，在山的西北邊有個山洞，裡面住著一條凶猛又龐大的蟒蛇。這條蛇長約七、八丈，粗細有十多圍，經常出洞吃人，當地百姓無力抵抗，都很怕牠。東治郡都尉和東治所管轄的縣城裡，曾經派很多官吏和士兵去除掉牠，反而全被蛇咬死了。

既然以武力無法鎮服這條巨蛇，就只有安撫一途了。於是百姓拿牛羊向牠獻祭，牠還是不停搗亂，百姓苦無平靜生活。後來這條蛇開始託夢給地方人士，也透過巫師傳話，這兩方轉達巨蛇的要求都一樣，原來這條巨蛇提出的條件是，每年至少要獻祭一個十二、三歲的童女當祭品，這樣牠就不再出洞吃人。

這是傷天害理的事，官員們當然不敢隨意答應，但可惡的巨蛇開始吐

出妖氣造成東治郡一帶嚴重的瘟疫災害，而且愈來愈惡化，無法根除。郡裡的官員們都很煩惱，不知如何是好。誰也不願意把自己的女兒獻祭給蛇妖，但是如果不遵從，鄰近幾個縣城都將會感染無法救治的瘟疫。

無計可施之下，官員們聚集在一起商議，決定召募縣郡內大戶人家家中奴婢生的女兒和犯罪人家的女兒，將她們集中起來收養。每年八月初一獻祭的時候，就送一位女孩到蛇妖的洞口。這時，蛇妖會出現，把獻祭的女孩一口吞掉。蛇妖也依約定，不再散布妖氣，傷害人民。此後，每一年都這樣獻祭，不知不覺，蛇妖已經吃掉九個女孩了。

這一年，當地的官員又開始召募可以獻祭的女孩，可是一直沒找到適合的人選。將樂縣有一戶貧窮人家，男主人叫李誕，連生了六個女兒，沒有男孩，他最小的女兒叫李寄。一天，李寄走在大街上，看到街上人們交頭接耳的聚在一起，不知在談些什麼？她好奇湊近一看，街民個個愁眉苦臉，不時唉聲嘆氣念著：「怎麼辦才好？怎麼辦才好？」原來大家非常擔心，萬一蛇妖今年吃不到獻祭品，又要出來傷人了。李寄回家路上，左思右想，如果不給蛇妖獻祭女孩，所有百姓都會遭殃；但是為了阻止牠害人，一定要犧牲無辜的小女孩也不應該。到底如何是好？想著想著就到家門口了。

李寄回家後跟父母說：「聽聞今年沒有獻祭品，蛇妖會出來傷民。女兒自願接受召募，去當獻祭的女孩。」她的父母初聽，嚇一大跳，當然不同意，父親嚴肅的說：「哪有父母推兒女去送死的道理？我們雖然家貧，但你又不是奴婢的女兒，我們家也沒有犯罪，你大可不必白白犧牲。」李寄說：「父親大人，母親大人，您們沒有福氣，只生了六個女兒，沒有一個兒子可以依靠，我們這些女兒將來嫁于夫家，你們像沒有孩子一樣。我這樣的女兒既沒能像緹縈救父那樣的功德，也無法讓您們揚名，更沒有能力供養父母親，只會白白浪費您們供給的衣服、食物。我活著對我們家沒有什麼益處，還不如早點死去。如果把我賣給官員，還可以得到一些錢，用來孝順父母親大人，難道不好嗎？」父親說：「唉，家貧是我無能，讓你們跟我一起吃苦，我都覺得慚愧了。怎可讓你犧牲生命去換取金錢供養全家？萬萬不可！」李寄安慰父親說：「父親大人，請不要如此悲觀。我去獻祭，自有一番計畫，順利的話，就能為民除害。」父親勸阻她說：「為民除害談何容易，那麼多官員都無計可施，你一個小女子又能如何？千萬去不得！」李誕疼惜這個女兒，說什麼也不忍心送她去當獻祭女孩。李寄就趁父母不注意時，偷偷離開家，讓父母來不及攔阻她。

李寄來到官府向官吏稟告來意，官吏們正苦惱今年要如何獻祭，知道李寄自願前往，雖然不捨，但為了地方上的平安，官員們也就勉為其難的接受了。當李寄向他們要求給她一把利劍和一隻很會咬蛇的狗時，官吏們也二話不說馬上備齊。

八月初一這天，李寄來到獻祭的廟壇，她先將一大顆用幾十斤糯米做成的超大糯米糰，裹上香噴噴的蜂蜜麥粉，再把糯米糰放在蛇洞口。然後，

她手裡握利劍，身旁帶狗，端坐在獻祭的廟壇中。不久，蛇妖便從洞口爬出來，牠的頭大得像座圓形的穀倉，眼睛像兩尺大的鏡子。牠一聞到蜂蜜麥粉糯米糰的香氣，就張開血盆大口一口吞下糯米糰。這時，李寄放出狗，狗立刻跳上前用力撕咬蛇妖。李寄趁勢繞到蛇妖後面，高舉利劍使勁刺向蛇妖，一連砍傷牠好幾處。蛇妖被利劍連番刺傷，傷口劇痛難耐，從廟壇內連滾帶爬的竄出去，在庭院才爬行幾圈，就不再動彈，李寄向前察看，擾民多年的蛇妖已經死亡。

李寄走進蛇洞，發現蛇洞裡有九個女孩的頭骨，她將頭骨全部帶出蛇洞。對著她們忍不住悲嘆：「當今為官者太軟弱無能了，遇到危機不知以智取，一味害怕逃避，委曲求全，不知珍惜百姓性命。讓這些少女無辜葬送生命，實在太可憐了。」她將這些頭骨交給官員，自己便慢慢的走回家去。

此時，李誕全家正在為小女兒辦理簡單的喪禮，全家籠罩在一片哀戚中。尤其最令李家兩老不捨的是，小女兒的犧牲不只是為了家鄉安定，也為了獻祭可以換得錢兩供給家用。想到送女兒入蛇洞，必定屍骨不存，全家又哭得死去活來。這時突然從門外傳來一句：「父親大人，母親大人，各位姊姊們，我回來了！」每個人都以為是自己傷心過度，錯聽了聲音。抬頭看到李寄好端端的站在他們面前，先是驚嚇，接著是驚喜。李寄把她如何用計斬蛇妖，為民除害的經過詳詳細細的告訴家人。

就在李家轉悲為喜，慶賀著李寄斬蛇歸來時，又聽到一陣陣鑼鼓聲由遠而近，隊伍一到李家門口就停住。全家還搞不清楚狀況時，隊伍中就走出一位身分尊貴的官吏，頒布旨諭。原來當今的東越國王，已經聽說李寄斬妖除害的事件，對她的義行又感動又佩服，特派全國最高階官吏來下聘，要娶李寄為王后，同時任命她的父親為將樂縣的縣長，她的母親和姊姊們都得到賞賜。

從此以後，東冶郡一帶不再有妖邪怪物出現，民間一直傳唱著李寄斬蛇妖的歌謠，直到現在，在那地區都還能聽得到這古老的歌謠呢！

醉了一千天

中山國有一個遠近馳名的「釀酒師」，名叫狄希。據說他能釀各種上等好酒，他的酒只要一釀好，就會立刻被搶購一空。除了那些美酒外，坊間還流傳他花了很長的時間，一直在釀造一款喝了之後，會酒醉一千天的「千日酒」。

「千日酒」到底是怎樣的酒？大家都很好奇，這種酒真的那麼神奇嗎？很多人都期待有機會喝上一口試試。但是傳聞終歸傳聞，卻沒人看到「千日酒」釀造成功。他身旁的好友忍不住問他：「真的有『千日酒』嗎？何時才能釀好呀？」他的回答每次都一樣：「還在釀造中，快了，就快釀好了。」說完立刻關上釀酒房的門，繼續釀酒去。日子久了，眼看其他美酒一甕一甕都釀好了，還是不見「千日酒」蹤跡，大家開始耳語推測，其實根本沒有「千日酒」。

跟狄希住同一州里，有個姓劉名叫玄石的人，非常喜歡品嘗各式美酒，他嘗遍了全國各地好酒，還是最喜歡同鄉狄希釀的酒，凡是狄希釀的美酒，他全部喝過。後來他聽說狄希在釀造「千日酒」，很想品嘗這麼特別的佳釀。

有一次，他在街市上聽到兩個路人的爭論，路人甲說：「那個『千日酒』應該是騙人的，不然怎麼釀這麼久，還是沒見過？」路人乙說：「不會騙人的，狄希以往說要釀什麼酒，就真的能釀出來，從沒有騙過人，只是這次釀造需要的時間實在太久了。」玄石也覺得奇怪，「千日酒」為何要釀這麼久？他因年年跟狄希買酒變得熟識，他決定乾脆到他家走一趟，直接問問他。

來到狄希的釀酒房，玄石敲了好幾次門，無人回應，再敲：「狄希老兄在嗎？玄石來買好酒。」門開了一個窄縫，狄希探頭出來，頂著一頭亂糟糟的散髮，一對好幾日未闔上的紅眼睛。「玄石兄，我近日專心釀製『千日酒』，無暇釀造其他酒。無酒可賣你，請回吧！」

說完，正要關起門來，玄石雙手頂住門板。「狄希老兄，我就是特來買『千日酒』的。」狄希搔搔亂髮，說：「哎呀，玄石兄，你來得太早了，我的『千日酒』雖然已經發酵了，但需再醞釀一陣子才能喝。過些時日再來買吧！」

玄石聽到「千日酒」已經發酵完成，他應該是第一個聽到這好消息的，心中一陣歡喜，豈肯放棄這品酒的好機會。他央求狄希：「既然已經發酵了，就先賣給我一甕試試吧！你知道的，我是我們州里裡最厲害的品酒人，我喝了也能告訴你這酒的醇度和質地。」狄希搖搖頭說：「玄石兄有所不知，不是我不願賣給你，這酒雖然發酵完成，但酒性還沒有穩定，不敢隨便開賣，你改日再來吧！」

看著狄希硬是不肯賣酒，玄石只好退而求其次，說：「既然酒性還沒有穩定，看在我專程來求好酒的分上，姑且先給我一小杯試飲看看，可以嗎？」狄希禁不住他一再請求，只好請他喝一杯「千日酒」。

玄石慢慢品嘗這得來不易的第一杯「千日酒」，直到喝完最後一滴，他興奮的說：「這酒喝起來有一種無法形容的美妙。」他忍不住要求狄希：「這神奇的酒，勝過以前所有喝過的酒好幾十倍，酒韻更醇美！狄希老兄，行行好，請再給我一杯吧！」狄希花了那麼長的時間釀製，他太了解「千日酒」的酒性輕重了，立刻婉拒他：「你暫且先回去吧，請改日再來。千萬要謹慎，別小看這一小杯，它可以讓你睡上一千天了。」

劉玄石被狄希悍然拒絕，臉上有著尷尬的表情。心想：「不給喝，就不給喝嘛！沒什麼大不了的，何必找這種爛藉口來拒絕呢？我可是這一帶最能品酒的人，難道我會不瞭解這種酒的酒性嗎？」雖然喝得不過癮，但他也只好向狄希告別回家了。

他一路醉顛顛回到家，一進家門就高高興興的向家人炫耀：「我今天終於喝到人間最醇美的美酒，死了也甘心呀！」才說完便倒地，醉死了。家人知道他一向喜歡外出喝酒，常常喝得醉醺醺回家，沒想到這次

真的喝到醉死，雖然難過，也沒有懷疑他的死因，全家哭著為他辦喪禮，將他埋葬了。

就這樣過了三年。

這一天，狄希在家算算日子，心想：「三年前劉玄石喝了『千日酒』，這幾天應該會醒來了吧！我應該要去問候他。」他前往劉家拜訪，劉家大宅黑瓦白牆，裝潢素雅，不像一般大富人家的紅牆綠瓦，雕梁畫棟。一到劉玄石家，他先問：「玄石兄在家嗎？」劉家人聽到這問話都感到奇怪，便回答：「你不知道玄石都死三年了，我們全家為他守喪三年，才剛期滿換下喪服。」狄希聽了驚訝的說：「你們誤會了，他並沒有死。那天他到我家來喝了『千日酒』，這種酒雖然醇美好喝，但這『千日酒』的酒性會使人醉酒一千日，我算算他今天理當醒了，所以特來看望他。」

於是他要求劉家人一起去挖劉玄石的墳，開棺看看。狄希和劉家人一到了劉玄石的墳地，就看見他的墳墓上繚繞著一股蒸氣，他們立刻叫人挖開墳墓。一打開棺蓋，正好看見劉玄石睜開眼睛，張開嘴巴，伸個懶腰坐起，還拉長聲音說：「痛快啊！醉得我好痛快啊！」他看到狄希也在現場，就問：「狄希老兄，你到底用什麼東西釀製『千日酒』？我才喝了一杯就酩酊大醉，醉到今天才醒。現在是什麼時候？太陽都高掛天空了！」

墳場上的人看到剛從棺木中醒過來的玄石，一副不明就裡的問話樣子，特別逗趣，都忍不住笑他。當在場這些人大笑的同時，劉玄石身上散發出的濃烈酒氣，正好衝入每個人的鼻腔裡。結果據說，他們回到家時也都醉了三個月。

沒人抓到左慈

左慈，字元放，是東漢末年廬江郡人氏，年輕時就精通法術，具有神機妙算的本領。

有一次他參加曹操的宴會，宴席中，曹操想試探他的法術到底有多厲害，便環視四周的賓客，然後笑著說：「今日難得邀請眾貴賓聚會，各種山珍海味大致都準備齊全了。只可惜，獨缺吳郡淞江特產的鱸魚來做一道魚片佳餚了。」左慈知道生性多疑的曹操這番話，是說給他聽的，便順著曹操的話回答：「吳郡淞江鱸魚嗎？這容易弄到。」於是他要了一個銅盤，裝滿水，拿竹竿掛上魚餌在盤中垂釣。一下子，便釣出一條正宗的吳郡淞江鱸魚。曹操看到眼前這一幕，驚奇又歡喜，忍不住鼓掌，宴會上的賓客也驚訝不已，都齊聲叫好。

驚喜過後，曹操又說：「宴席上這麼多賓客，光一條魚不夠吃，如果能有兩條魚就剛好。」左慈一聽，心裡有數，他再度拿起掛魚餌的竹竿在銅盤裡垂釣，在場的全部賓客都好奇的圍過來觀看，不一會兒，又釣出一條與先前一樣的鱸魚，兩條魚都是三尺多長，新鮮肥美。座上賓客對左慈神奇的法術嘖嘖稱奇，個個對他投以讚美又佩服的眼神。

曹操原本想藉著宴客讓左慈出糗，沒想到他使出銅盤釣鱸魚這招，反而贏得賓客的欽佩，宴會中的光彩全圍繞在左慈身上，這看在宴會主人曹操眼中，真不是滋味。他繼續想法子戳破左慈的法術，挫挫他的銳氣，讓他知難而退。

曹操假裝要親自拿鱸魚去烹調魚片，賞賜給宴席上的賓客們吃，他才走了幾步又停下來，回頭對賓客們說：「好菜餚一定是新鮮食材配上最好佐料。現在雖然有了新鮮的鱸魚，如果沒有蜀地出產的生薑當配料，還是很難做出一道上等佳餚，實在可惜呀！」

左慈心知肚明，曹操根本有意刁難他，但他還是一派輕鬆的回應：「這也可以辦得到。」曹操心中揣度，縱使左慈法術再怎麼厲害，今天宴席地點離蜀地那麼遠，短時間內，他怎麼來得及去蜀地又折回。恐怕左慈會隨便在附近買薑充數，再搪塞說是蜀地生產的。堂堂一個大丞相，怎可以被這種江湖術士任意欺瞞？狡詐多謀的曹操馬上想到，再加上一個可以驗證左慈是否真的往蜀地買薑的方法。

曹操裝出一副很客氣的樣子說：「我之前派一位使臣到蜀國採買彩錦緞布，如果你要去蜀地買薑，請你順便轉告那位使臣，我要他再多買二段長的錦緞。」左慈應聲：「好。」問清楚那位使臣的長相後，左慈就離開了。一會兒工夫，左慈不僅帶著蜀地生薑回來，還對曹操說：「我在織錦市場的店鋪裡見到您的使臣了，已告知他要多買二段的彩錦緞布。」

這件事過了一年多，曹操派去蜀地的使臣回來了，果然多買了二段織錦。曹操非常好奇，仔細問清楚他怎麼收到這指

令的？使臣詳細回答：「我在蜀地採買的那天，在錦緞店鋪裡遇見一人，是他傳達您的命令給我的。」聽完使臣的稟告，曹操對左慈的高超法術雖然佩服，心裡卻盤算著，這個態度囂張的江湖術士，仗著他玄怪的法術常在眾官員面前戲弄我，置我的威權於不顧，將影響我在眾人心中的威信。有此人在，對我未來的統一大業是一大威脅，一定要想辦法趕走他。可是左慈的法術並沒有危害朝中政局，曹操日夜苦思著要找什麼理由驅趕他。

終於機會來了。

有一次，左慈跟著曹操到近郊遊玩，當時陪同曹操出遊的官員有一百多人。左慈隨身只帶著一壺酒、一片肉乾，他親手為每個官員斟酒，又請他們吃肉乾，官員們沒有不吃飽喝醉的。曹操在旁觀察，一直覺得奇怪，才一壺酒而已，怎麼能一直倒出酒來？才一片肉乾而已，卻能一再分給每個人吃？他暗地裡派人去調查其中緣故。

結果走訪鄰近賣酒的店鋪，他們都不約而同的說：「昨天店裡的酒和肉乾，不知為何都不見了。」曹操一聽非常生氣，原來左慈竟然耍此移花接木的詐術，如果只是趕走他，還會後患無窮，一定要藉這理由除之而後快。

過幾日，剛好左慈又到曹操那裡做客，曹操深知機不可失，立刻派人逮捕他。誰知士兵伸手正要抓到他時，左慈竟退進牆壁裡，很快的消失了，抓他的士兵怎麼也找不到人。這下曹操大怒了，他下令懸賞，捉拿左慈。很快的，有人來報官，說在市街上看到他。可是派去抓他的士兵一到，發現怎麼整個街上的人，都長得和左慈一模一樣，不知道哪一個才是真正的左慈？

不久，又有人來報官，說有人在陽城山的山頂上遇見左慈，曹操立刻親自帶著士兵去追捕他。左慈一看到追兵來了，馬上跑進山上的羊群裡。曹操知道對付這個法力高強的人，如果不使點計謀是無法奏效的。於是他傳令士兵對著羊群說話：「曹公答應不再殺你了，只是要試試你的法術而已，現在已經證明你是個法力無邊的道長。曹公想和你見面敘敘，請你現

身吧！」這時，羊群中突然有一隻老公羊，兩隻前腳彎曲，後腳像人一樣站起來，開口說話：「那曹公何必製造這麼混亂的場面呢？」那些士兵乍聽羊會說人話，先是嚇了一跳，接著指向牠說：「這隻羊就是左慈變的，大家快抓住牠！」正當大家爭先恐後的撲向那隻羊時，忽然間，現場幾百隻羊都變成老公羊，同樣彎曲兩隻前腳，後腳直立，然後全部的老公羊一起開口說：「那曹公何必製造這麼混亂的場面呢？」一時之間，抓人的士兵都呆立在原地，他們實在不知道要捉哪一隻羊了。

印度來的魔術師

晉朝永嘉年間，江南地區來了一個長得和本地人很不同的賣藝人。他留著一頭捲曲的短髮，頭上包著白色頭巾，皮膚有點黝黑，操著當地人聽不懂的外國語言，只有在表演時，會說幾句不流利的本地俗話，他說自己來自一個叫印度的國家。

這印度人經常巡迴江南一帶，靠變魔術為生。他以驚悚的魔術把戲吸引當地民眾圍觀，魔術師的聲名因此傳遍整個江南地區。鄰近各郡的民眾常常為了看他變把戲，特地從各地趕到他表演的現場，只為爭睹傳說中邪惡又刺激的魔術表演。

這位印度魔術師最拿手的魔術，是民眾最害怕又最想看的斷舌魔術和吐火魔術。先說斷舌魔術吧，他會先張口把舌頭吐出來給觀眾看，然後用刀一割，讓鮮血直淌，灑在地上。他再將割下來的舌頭放在盤子裡，讓大

家傳遞觀看，同時讓大家看到他留在嘴裡的半截。等到圍觀群眾把盤子裡的半截舌頭傳回來給他時，他就拿起斷舌含在嘴裡，不一會兒工夫，再給觀眾看他的舌頭，竟跟原來的一樣，就像舌頭從來沒有斷過似的。

不只斷舌頭能再接起來，他還能把其他斷了的東西連接起來，變回原來的樣子。比如：他會拿一塊綢布，和觀眾各握住一頭，對著布一刀剪下去，把綢布剪成兩片。再拿兩塊斷綢布一拼，綢布便又連接在一起了。因為實在太過神奇，觀眾裡開始有人耳語：「這怎麼可能？魔術都是騙人的。」很多人都認為一定是造假，這不過是一種魔術，其中一定有什麼訣竅。有人決定暗地裡去試探，但是探查的人回來反而證實，魔術師真的是把綢布剪斷又復原。大家漸漸相信

那不只是魔術，這個來自遠方的魔術師一定有魔法。

說到他的吐火魔術，更是神奇了。他吐火的時候，先拿把火藥放在一個器皿中，再將一小塊火苗和麥芽糖攪合在一起，放入口中，接著反覆吹氣，然後張開嘴，火便燃遍了口中。接下來他會用嘴裡的火點燃柴草煮飯，證明那的的確確是真的火。魔術師還會利用吐火魔術，表演燒書、救書的魔法。他先把書本拆散，然後把紙張和粗繩細線丟進火中，讓觀眾親眼看著這些東西燒成灰燼。之後，他撥開灰燼，在裡面翻來翻去，不一會兒，從灰燼中挑出東西，把它拿起來，正好是先前燒掉的那本書。現場觀眾看得目瞪口呆，興奮的鼓掌叫好。

這位印度魔術師就靠這幾樣魔術，遊走江南一帶變戲法。剛開始所到之處，因為這種魔術前所未見，大家覺得非常新奇，來自四面八方的觀眾擠滿表演場。但他的魔術雖然神奇，變來變去卻只有那兩三招。看過幾次同樣把戲的民眾就不再好奇了，看魔術的人愈來愈少，表演場子不再熱絡。

後來，也不知什麼時候起，這位魔術師就不再出現在市街上了，而來往江南一帶的民眾，也沒有人再問起他。

5

沉冤昭雪必自明

願做連理枝

韓憑是戰國時代宋康王身旁獻策的屬官，他的妻子何氏，長得花容月貌，美麗動人。韓憑為人敦厚，雖然只是小小屬官，家境平平，夫妻兩人卻十分恩愛，羨煞鄰里。偏偏韓憑輔佐的宋康王是個好酒又好色的國君，他最喜歡收藏各地美酒和利用各種手段得到各地佳麗，納為後宮。

一次偶然機會，宋康王聽說韓憑的妻子是個絕世美女，於是找了一個藉口想到韓憑的家一窺究竟。一天，他召來韓憑，對他說：「聽說你家中栽種的花草十分美麗，本王想前去觀賞。」韓憑知道國君性好漁色，一定是為了來看他家中美麗的妻子，否則哪有貴為國君會隨意蒞臨屬官家裡的？他機智的回應：「稟報君王，小臣家中的花草，都是野地自長，又疏於照顧，早已乾枯。若君王喜歡野草野花，小臣願陪同君王赴郊外欣賞。」被韓憑委婉回絕，宋康王也沒辦法，但是他因此越是想去看看韓憑的妻子。

過了幾日，他假裝剛好路過韓憑家，就命人去通報韓憑：「國君出遊長途跋涉，甚為疲累，想借府上暫歇片刻。」韓憑假託生重病請家丁回報：「我家主子重病在床，無法接待國君。」這說辭，讓宋康王更好奇，到底傳說中韓憑那美麗的妻子有多美？狡猾的宋康王竟帶著御醫，說要來為屬官看病，韓憑這下沒理由拒絕，只好開門接待他們了。

宋康王坐定後，就說要問候韓憑妻子，原本躲藏廂房的何氏也不得不出來奉茶。宋康王一見到何氏就瞪大眼睛，這傾國傾城佳麗是他從未見過的，果然如外傳的美若天仙，如此美人怎能委屈待在韓家，他早就忘了君臣之禮，茶也不喝了，立刻命令侍衛強行帶走何氏。韓憑夫妻最害怕的事終於發生了。韓憑用盡全身力氣保護妻子，阻擋霸道搶人的侍衛，可惜他勢單力薄，馬上被架開，眼睜睜看著宋康王把妻子奪走。

韓憑非常憤怒，趕到宮中，聲嘶力竭不斷向國君抗議。宋康王沒想到這個一向順從、任他差遣的屬官，變得如此躁動。韓憑激烈的抗議聲，招

來宮中其他官員側目。讓宋康王惱羞成怒，便命人將韓憑囚禁起來，安他一個公然違抗國君、目無法紀的罪名，並將他定以重罪，判他「城旦」的刑罰。這種「城旦」刑罰不但要服刑四年，罪犯臉上還會被刺字，剃光頭髮，遣送到邊境，白天要防禦敵人，夜晚要築城牆，是一種極其羞辱又辛苦的苦役。

被軟禁在後宮的何氏，聽到韓憑為了她向國君抗議，竟然被發配到邊境做苦役，非常難過，就偷偷寫了一封書信，請人暗中傳送到邊境給韓憑。誰知，這封信被宋康王查到了。宋康王打開來一看，信上只寫一句話：「其雨淫淫，河大水深，日出當心。」文字隱含情意，卻看不出真正的含意。以前宋康王的屬官中，就數韓憑最能解釋這樣含蓄隱晦的言辭，如今韓憑不在身邊，宋康王只好詢問左右的人，可是他們都看不懂信中的含意。

只有大臣蘇賀能領略信的內容，他看了信後這樣解釋：「其雨淫淫，是說她的心情愁苦非常想念丈夫；河大水深，是說他們的距離卻像河那麼寬，像水那麼深，兩人不能往來；日出當心，是說太陽為證，這是何氏想要以死明志。」宋康王聽完，揣度著，如果韓憑讀了這封信，會以為何氏已經不在人世，也會對妻子死心，就不會再想跟我爭美人了，因此就故意讓這封信傳送到韓憑手上。

韓憑見了妻子的信，讀完內容，悲憤到極點。他想心愛的妻子已死，他留在世上又有何用，於是就自盡了。何氏輾轉聽到丈夫死亡的消息，悲痛欲絕。但是宋康王宮中守衛森嚴，不能讓她為所欲為。因此，她先偷偷埋下韓憑的衣冠塚，又把自己的衣服弄得腐朽。然後主動示好，她告訴宋康王，在宮殿中待太久了，想看看外面的風景。宋康王心想：「看來，韓憑死了，你知道沒有其他歸屬，決心要死心塌地待在我身邊了。」他千方百計設局，終於得到美人心，心裡不覺一陣竊喜。

宋康王很高興的帶著何氏登上高臺。她趁著宋康王遠眺風景時，往下一跳，左右侍衛連忙要拉住她，但由於她的衣服已經腐朽了，侍衛們根本拉不住，她便墜落而亡。侍衛發現何氏的衣帶裡有封遺書，立刻呈給宋康王，內容寫著：「大王希望我活著，我卻希望自己死掉，祈求大王恩賜，能讓我的屍骨和韓憑合葬！」宋康王認為被何氏騙了，有些生氣，看了這封遺書更加憤怒，不但不理會她的請求，反而命人故意將何氏與韓憑的墳墓分開，讓兩座墳墓只能遙遙相望。宋康王對那兩座墳墓揶揄說：「好呀，你們夫婦不是很相愛嗎？，如果你們有辦法使兩座墳墓合在一起，那麼我就不會再阻止你們了！」

過了不久，有人發現，韓憑夫婦這兩座墳頭上各長出一棵大梓樹，這兩棵大梓樹愈長愈快，才十幾天樹幹就長到一人環抱那樣的粗大，而且兩棵樹幹愈長愈彎向對方，終於互相靠在一起了。這兩棵梓樹底下的樹根盤根錯節、相互交疊，上面的枝葉也在空中相互連接。還有，不知何時飛來一對鳥兒，棲息在樹上，日夜都不願離開，牠們貼著脖子緊緊依偎著，不時悲傷啼叫，啼

聲特別感人。當地有人說這對鳥兒是韓憑夫婦的化身，所以特別恩愛。宋國人也認為韓憑夫婦生不能在一起，死後就以這兩棵大梓樹交連在一起，用來代表他們堅貞的愛情，後來大家就把這兩棵樹稱為「相思樹」。

三王墓奇譚

春秋時期，楚國國君愛劍成痴，他傾全力從各地收集各式名劍。他的每把寶劍一出鞘，據說都是堅韌鋒利、削鐵成泥、紋飾精緻。楚王常邀來大臣們一起論劍比劍。

可是不知為何，他看遍藏劍樓裡珍藏的所有寶劍，總覺得還是少了一把他最滿意的劍，他詢問宮中精通寶劍的大臣：「所有世間的好劍都在我這裡了，我還是找不到最得我心的寶劍。為什麼？」那位大臣向楚王打躬作揖後，謹慎的回答：「既然大王問起，恕臣直言，這些劍都是最上乘的技法煉造的好劍。但是臣以為，都不及干將煉造的劍，除了高超技法外還蘊含著鑄造者專注又恭敬的細膩心意。」楚王一聽著急的問：「干將現在何處？立刻把他找來。」他下令全國務必找到干將。終於在干將與妻子莫邪隱居的山林裡找到他。

當干將被帶到楚王面前時，楚王傲慢的威脅他：「聽說你是當今最厲害的鑄劍師，我現在命令你立刻放下手邊的工作，專心一意為我煉造一把舉世無雙的劍。你要多少鑄劍的材料，全部供應你。限你以最短時間呈上稀世寶劍來，否則難保你和你妻子的項上人頭。」干將看到楚王那種沒禮貌、不講理的樣子，非常生氣，但想到這種暴君如果惹怒他，不僅自己性命不保，還會危及他的妻子，只能忍住怒火，回家鑄劍。

回到家中，他看到楚王送來的材料，心生一計：既然這麼多上好的鑄劍材料，何不鑄造雌雄雙劍？但要煉製好劍談何容易，縱使有好材料，也必須配合適宜氣候、純青火候、千錘百鍊、反覆鍛燒，有時難免閃失又要重來。由於鑄劍曠日彌久，楚王在宮中等得不耐煩，常常派人去催促，更威脅干將再不交出寶劍，要治他全家族死罪。但每一位回報的人都以性命擔保，干將夫妻夜以繼日的努力鑄劍，從未懈怠。楚王雖然非常不滿干將慢條斯理的造劍，但為了寶劍，只好耐住性子，暫時不殺他。

就這樣過了三年，干將終於鑄好楚王期待的寶劍。

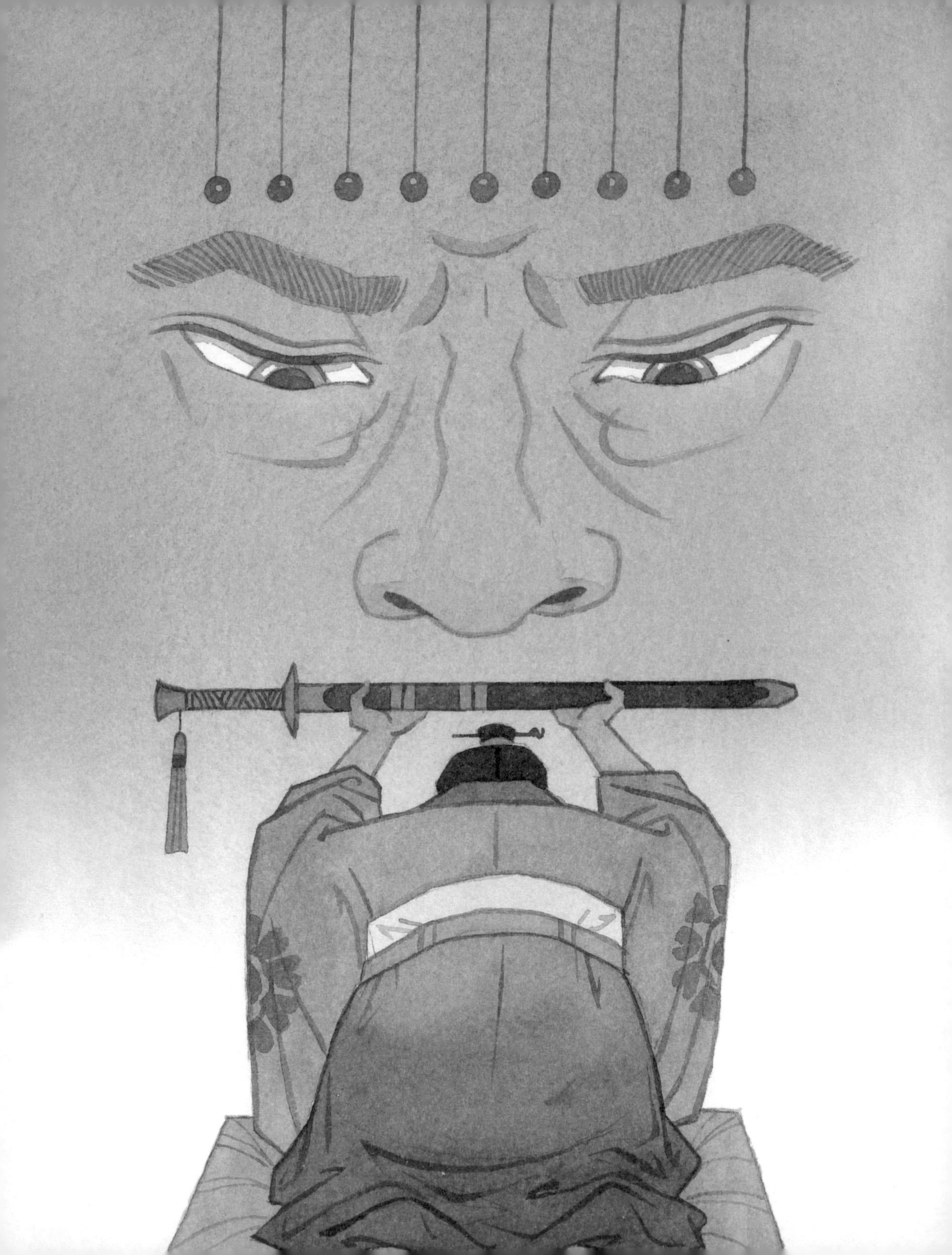

干將帶著寶劍去獻給楚王，臨走前，他看著即將臨盆的妻子莫邪，說：「我們為楚王鑄造寶劍，三年才造成。楚王如此殘暴又急躁，雖然高興見到寶劍，料他會因為鑄劍時間太久而生氣，等獻寶劍後他必定會殺我。如果你生下的孩子是男的，等他長大了，記得告訴他這句話：『出門望向南山，可以看見那長在石頭上的松樹，寶劍就在它的背面。』」交代完，干將就帶著雌劍去見楚王。

等了三年，楚王雖然對干將鑄劍太慢非常生氣，但看到這寶劍精煉無比、氣韻非凡，心中甚樂，便找來當初舉薦干將的大臣向他炫耀。那位大臣看了看劍說：「這寶劍應該有兩把，一把雄劍一把雌劍。現在這把劍面雕飾著水波紋顯得陰柔，應該是雌劍，另一把雄劍沒拿來。」

楚王一聽怒火中燒，當初不是命令他只造一把舉世無雙的寶劍嗎？沒想到他竟偷偷鑄造雌雄兩把寶劍，而且只拿一把雌劍來交差，分明是刻意欺騙。楚王逼問干將另一把雄劍的去向，干將知道最好的寶劍如果獻給暴君，必定危害百姓，所以他堅持不回答。楚王一氣之下當場殺了干將，並派人趕去干將家取回雄劍，這時，莫邪早已不知去向。

干將離家不久，莫邪找到一處隱密地方，生下了一個男孩，名字叫赤比。赤比長大後，問母親說：「我的父親呢？他在哪裡？」母親說：「你父親為楚王造劍，三年才造成。楚王生氣把他殺了。他離開時囑咐我要告訴你：『出門望向南山，可以看見那長在石頭上的松樹，寶劍就在它的背面。』」

赤比依照父親的遺言，走出門外一路向南方望去，可是看不見有什麼山，只看見堂前有一根松木柱子直立在一塊石墩上面。他用斧頭劈開松木柱的背面，果然找到一把寶劍。得到父親的雄劍後，赤比沒忘記殺父之仇，他整天想著要向楚王報復。

同時間，楚王夜寢時夢見一個男孩，他的兩眉之間有一尺寬，在夢裡一直向他叫囂要報仇雪恨。楚王從夢中驚醒，信以為真，就降旨以千金重賞來追捕他。赤比聽到這消息，趕快逃走。他躲進山裡，想到自己未能為父親報仇，就一邊走一邊唱著悲歌。

有個俠客看到他這麼哀傷，問他：「您年紀輕輕，為什麼哭得如此悲傷呢？」赤比說：「我是干將、莫邪的兒子。楚王為了愛名劍，竟殺了我的父親，我真想向他報仇呀！」俠客說：「我聽說楚王懸賞千金要拿下您的頭，您恐怕很難為父報仇，如果您把頭和劍交給我，我可去為您報仇。」赤比說：「你真的要為我報仇，太好了！」說著，就割下自己的頭，兩手捧著頭和劍交給俠客，他的身體卻直挺挺的站著不動。俠客深受感動，說：「我一定不會辜負您的心願。」俠客說完，赤比的屍體才倒了下去。

俠客拿著赤比的頭顱去見楚王，楚王非常高興。俠客說：「這充滿怒氣的頭顱，應該放在大湯鍋裡煮，以消除他的怒氣。」楚王照他的話做。但是這頭煮了三天三夜，都沒有煮爛。這頭還會跳上沸水水面，以憤怒的眼睛瞪人。這個俠客又對楚王說：「這個孩子的怒氣太重了，希望威權的大王親自到鍋邊鎮住他，這樣一定可以煮爛的。」楚王便走到鍋邊看孩子的頭。說時遲，那時快，俠客立刻拿起雄劍，揮劍砍去，楚王的頭隨即落入沸水中。接著，俠客砍下自己的頭，俠客的頭也滾進沸水中。三顆頭在鍋中很快的煮爛到無法分辨誰是誰了。大臣們只好建了三座墳塚，再把湯分成三份，將他們一起埋葬，後人便統稱這三座墳為「三王墓」。

蘇娥告陽狀

漢朝時期，有一位深受百姓尊重的廉政官員名叫何敞，是九江郡人氏。他辦案清廉公正的聲譽不只朝野皆知，據說連陰間冤魂都來求他主持公道。他判決的冤案中最為人稱道的，是一樁女魂來陽間向他申冤的案件。

這樁案子發生在何敞擔任交州刺史時，有一次他到蒼梧郡高要縣視察管轄地區的政務，由於公務繁瑣而忙到很晚，就在鵠奔驛站的亭樓過夜。當晚還不到半夜，有一個女子走到樓下，一直對他喊冤：「青天老爺，冤枉啊！我好委屈呀！小女姓蘇，單名是娥，我本是廣信縣人氏。父母早死，又沒有哥哥弟弟，長大後嫁給本縣的施家，可是我真命薄，結婚才幾年丈夫也死了。

夫家留給我各種各樣的絲織品有一百二十四，和一名叫致富的婢女。我孤苦窮困，沒有親人投靠，身體又瘦弱，無法自己謀生，只想到鄰縣賣掉這些絲織品維生。於是向本縣的一個男人叫王伯的，租了一輛牛車。那輛牛車值一萬二千文錢，就在前年四月十日，由致富駕車，載著我和絲織品，來到這鵠奔驛站亭外面。

我們到達鵠奔驛站亭時，太陽即將下山，路上都沒人了，我不敢再前進，決定在這裡留宿。婢女致富突然腹痛，我便到亭長的住處去要了一點茶水和火種。那亭長龔壽，卻手拿戈戟，來到車邊，問我說：『夫人從什麼地方來？車上裝的是什麼東西？你的丈夫在哪裡？為什麼獨自趕路？』我回答說：『何必勞駕你問這些事情？』龔壽竟抓住我的胳膊說：『我喜歡你這漂亮的姑娘，希望和你歡樂一下。』我知道他想非禮我，十分害怕，不肯依從他。殘暴的龔壽便拿起戈戟刺入我的肋下，把我刺死，也刺死婢女致富。龔壽在樓下挖了坑，把我和致富合埋，我在底下，婢女致富在上面。他取走了財物，殺了牛，燒了車，車軸上的鐵和牛骨，都藏在這驛站亭樓東邊的空井裡面。我和婢女冤屈而死，卻不知要去哪裡申冤，知道您是一位清廉公正的刺史，請您為我討回公道吧！」

何敞剛聽到她是鬼魂的時候，雖然有些害怕，但得知這是一件謀財害命的冤案，又非常震怒和不捨，這案子非辦不可。他問：「如果我現在想找出你的屍體，用什麼來證明那是你呢？」蘇娥說：「我上下身都穿著白色的衣服，腳上穿著青絲鞋，這些衣物還沒有腐爛。希望您為我洗雪冤屈之後，能把我的屍骨歸葬到我死去的丈夫那裡，我這樣請求您了。」何敞叫人依照蘇娥所說的地點把屍體挖了出來，果然是雙屍上下交疊，其中一具身穿白色衣服、腳穿青絲鞋，確定是蘇娥。

天一亮，何敞立刻趕回官府，派衙役逮捕主嫌龔壽和一起謀害、藏匿贓物的父母兄弟，一個一個拷問審訊以後，這些嫌犯都認罪了。他又到廣信縣查問，情況和蘇娥說的話一樣。何敞將龔壽的父母兄弟一干人犯，全部打入牢中。

他上報朝廷關於龔壽案情，表文這樣寫著：「按照一般的法律，殺人

不至於全家被處死。但龔壽做了罪大惡極的事，他的家人協助犯案又隱瞞，王法自然不能饒恕。這種謀財害命的慘案，讓受害人受到多大的委屈，連變成鬼神都要來申冤，千年也碰不上一次。所以請求皇上把犯人都處死，以平反鬼魂的冤屈，也表彰陽世律法的公正，能幫助陰間鬼魂懲罰陽世惡人。」

皇帝聽聞後，批下同意何敞的意見，為蘇娥懲戒陽世的惡人。

老天心痛得哭不出來

一輛囚車從衙門緩緩駛往刑場。囚車裡一個遍體鱗傷的弱女子，血痕斑斑的雙手抓緊囚車欄杆，使盡最後一絲力氣，抬頭對著薄亮晨曦，聲聲嘶喊：「老天爺明察，小女子冤枉啊！」沿途兩旁擠滿聞聲趕來的民眾，紛紛為她求情，群眾的求情聲幾乎掩沒她微弱的喊冤。有人高喊：「這媳婦是冤枉的，求求青天大老爺刀下留情吧！」有人大叫：「州里都知道那女子很孝順，婆媳一向和睦，她不會殺害婆婆的。」更多圍觀民眾為她叫屈：「誤判呀！誤判呀！誰來救救她？」

但再多的求情與不捨，也抵不過冷酷的衙役們一句句威嚇：「肅靜！肅靜！干擾官府執行公務，一併問斬！」善良又無奈的群眾，怎堪這些衙役一再恐嚇威脅，他們仗義的呼喊聲漸漸微弱，因此更能清楚聽到囚車中女子自乾涸的喉嚨和滲血的唇間發出的一聲聲淒厲哀號：「老天爺明察，小女子冤枉啊！」伴隨著四周老百姓們陣陣同情的哭泣聲，一路來到刑場。

原來這位押往刑場的女子，名叫周青。二八年華時，依媒妁之言，嫁做人婦。夫家上有婆婆下有小姑，雖是貧寒之家，但小倆口勤儉持家，一家人生活和樂。可惜過沒多久，丈夫不幸染上重病，周青變賣家中所有值錢物品，仍無力救治他，丈夫最後撒手人寰。周青用僅剩最後的積蓄為丈夫辦完簡單喪事後，夫家真的一貧如洗了。從此只靠堅強的周青做些零工，撐起一家生計。雖然生活更加窮困，她奉養婆婆照顧小姑，總是無微不至。她的孝順美德傳遍了鄰里間，大家都讚美她是東海郡內難得的孝媳。

看著周青一個弱女子辛苦的照顧全家，婆婆實在不忍心，心想，「媳婦奉養我這麼辛苦，我已經老了，如果留戀剩下的歲月，反而會拖累媳婦的，不如自己了結。」於是上吊自殺。她的女兒看到母親死了，覺得哥哥才過世不久，母親又死亡，都是這位嫂嫂害的，就氣急敗壞的衝到衙門前，向官府提告說：「是嫂嫂殺害我母親的！」官府一聽媳婦殺婆婆，這是天理不饒的大罪行，沒有查明就立即逮捕媳婦，關進大牢。

衙門每次公堂審問，用盡各種威嚇和刑具，周青都極力喊冤不認罪。當時的太守想快快了結這看起來簡單的案子，卻因為周青不肯認罪，遲遲無法結案，讓他很不耐煩。於是對她施以最狠毒的嚴刑拷打、逼供。最後，瘦弱孝媳受不了官府一再酷刑的痛楚，只得承認被誣陷的罪名。

孝媳很快被定下死罪。街坊鄰居看到執行死罪的布告，雖然為她叫屈，但當時的太守是個貪官汙吏，視錢如命，有錢判生，沒錢判死；貧窮的地方百姓明知這是一樁冤案，也無力到公堂為她辯白翻案。

當時擔任典獄官的于公是個公正不阿的獄官，他了解案情後，加上觀察周青在獄中的行為，不像是個會殺害婆婆之人，因此私下打聽，得知這位媳婦的孝行，仗義向太守呈報：「這媳婦奉養婆婆已經十多年，她的孝順名聲早已傳遍整個郡，一定不會殺死婆婆的。」太守只想趕快結案，根本不聽于公的意見，對于公的一再爭辯，也不理睬。于公失望的抱著那份定罪文書，從官府哭著離開，從此不再回到官府當差。

自從周青赴刑那天起，東海郡沒有再下過一滴雨。當地的百姓都知道旱災與孝媳無辜遭誣陷有關。有人說，是周青受到冤屈，在獄中下了詛咒；有人說，是老天爺覺得下了雨也無法洗刷孝媳的冤情，乾脆不下雨了；更多人傳言，是老天爺看著好人被冤枉折磨，被錯殺，非常難過，心痛到哭不出來。總之，整個東海郡，只要一天不下雨，孝媳周青的冤屈就在民間流傳得越廣。就這樣，東海郡遭逢前所未有的大旱災，整個縣城三年不曾下過雨。

據說當年陪同周青到刑場的群眾，都看到一幕老天印證這位孝媳受冤枉的實況。要被處決時，面對囚車上插著的十丈長竹竿，竹竿上懸掛著青、黃、紅、白、黑五色招魂幡旗，她當眾立下誓言：「我周青如果真的有罪，甘願受死，血噴上旗桿會順流下來；我周青如果是含冤枉死的，我的血會逆流上去。」

她說完後，執行官下令行刑。她的鮮血呈青黃色，沿著旗桿逆流到了頂端，再沿著旗幟滴下來。在刑場群眾看到這一幕，一片驚嚇。他們更加堅信孝媳是清白無罪的，無不為她的冤死嚎啕大哭。

這件因太守誤判屈打成招的冤案，慢慢傳開來，上級官吏也聽到這件冤案，原來的太守因此被責罪離開。後任的太守是位公正清廉的官吏，他一到任，發現東海郡已經大旱三年多，正煩惱該如何解決時，于公前來求見，于公說：「我知道您是一位勤政愛民的父母官，特來向您稟告，東海郡城的大旱與三年前孝媳周青冤案有關。」太守請他詳細說明。

于公說：「太守有所不知，東海郡從未有旱災。孝媳周青因為前任太守的冤枉，定罪殺了她，大旱災就是從那天開始的。只要到民間訪查，問問路人，很多人都能說出周青如何無辜冤死。可是我們小老百姓卻救不了她，讓老天爺心痛到哭不出來呀！」太守一聽，說：「我知道怎麼做了。」

太守立刻請于公引領，親自帶著祭禮，前往孝媳周青的墳墓前祭拜，又在她的墓地建立碑柱表彰她的孝行。太守祭拜完的當下，天空開始下起雨來，旱象解除，百姓無不歡欣鼓舞，這一年的農作因而大豐收。

6 看似無情卻有情

人鬼未了情

吳王夫差有個小女兒名叫紫玉，年紀十八歲，才華和美貌都很出眾。一個偶然的機會，她認識了一位庶民少年叫韓重，韓重當時僅十九歲，已經修煉一身好道術。他們情投意合，鍾情對方。紫玉私下派人送信，許諾做他的妻子。但韓重覺得兩人身分懸殊，加上自己也沒什麼才學，很難配得上紫玉這位金枝玉葉的公主，便決定先遠遊到齊、魯一帶求學以增進自己的才識。離開吳國前，他請求父母先向吳王夫差提親。

韓重的父母來到吳王殿前，向吳王請求韓重與小公主婚配一事，吳王一聽勃然大怒：「區區一介平民百姓，既沒學術又無官職，只憑一點小道法就想迎娶本王尊貴的公主，真是異想天開！」二話不說，立刻將韓重的父母趕出殿外。紫玉聽到韓重來求親被父王毅然拒絕，傷心極了，最後竟因過度鬱悶而死。

吳王看到自己最疼愛的小女兒，因為這樁不合宜的婚姻而死，非常傷心，就將她埋葬在吳國都城的西門外。

三年後，韓重求學有成，高高興興回來準備迎娶紫玉。父母卻難過的告訴他，當年他們向吳王求親，夫差非常生氣，當場拒絕這樁婚事。紫玉因此憂鬱氣結而死，葬在都城西門外。韓重沒想到美好的婚姻，結局竟如此悲慘，痛哭流涕的準備了祭品紙錢，前去紫玉墓前弔祭她。

正當韓重在紫玉的墓前哭得死去活來時，紫玉的魂魄慢慢的從墳墓中走了出來，再次和韓重重逢了。她淚流滿面的對韓重說：「三年前你外出求學之後，你雙親向父王求婚，我以為可以成全我們的終身大事。沒料到分別以後，遭到這樣的厄運，又有什麼辦法呢？」

紫玉難過的唱起悲歌：「南山有隻美麗的烏鵲，北山張開一張期待的網。烏鵲已高飛去，剩下羅網又能如何！我真心想嫁給您，流言實在太多。我因憂心病重，最後命喪黃泉。我的命運真不好，冤死又能如何！鳥類中的大王，名字叫鳳凰。一旦失雄鳳，我這三年來有多悲傷啊。縱使有那麼

多鳥類在，我也不願和他們配成雙。所以我才現身，來迎接你的歸來。我們兩人身體雖然分開很遠，心卻相近，如何能忘懷？」唱完後，紫玉一直啜泣流淚，並邀請韓重一起回到墳墓裡。

韓重說：「死和生是不同的兩個世界。我恐怕有越界的罪過，不敢接受你的邀請。」紫玉說：「死和生有別，我也知道這個道理。但是今天一分別，以後就永遠沒有見面的機會了。你是怕我成了鬼而來禍害你嗎？我只想奉上我的一片真心，難道你不相信嗎？」韓重被她的話感動了，就跟著她回到墳墓裡去。紫玉準備酒宴款待他，留他住了三天三夜，以夫妻之禮相待。三天後，韓重要離開墳墓時，紫玉拿了一顆一寸大的明珠送給韓重，對他說：「我主動要求婚約，卻被父王阻擋，有損我的名聲。姻緣不成又斷絕了我的心願，還有什麼話可說呢？如今我們陰陽相隔，你要自己多加保重。希望你能去我家，向父王表示敬意，並傳達我的心念。」

韓重離開墳墓後，就去拜見吳王，向他陳述進入墓中和紫玉相聚的經過。吳王聽了反而大發雷霆：「我女兒已經死了，你卻編造謠言，來汙辱死者的靈魂。還盜挖墳墓偷取明珠，假借鬼神來詐騙；你不過是想要一個『駙馬』的名分吧！」於是下令逮捕韓重。正當侍衛準備上前捉拿他時，韓重脫逃了。他跑到紫玉的墳前委屈的訴說了這件事。紫玉現身安慰他說：「你別擔心，明珠是我送你的，現在我就回去向父王說明。」

這時，吳王正在梳洗，抬頭忽然看見紫玉，大吃一驚，又悲又喜，問道：「女兒啊，你是怎麼活過來的？」紫玉跪下說道：「過去書生韓重來求婚，因為父王不同意，我無法遵守自己提出的婚約承諾，我的名譽被毀壞，我對他的情義被斷絕，所以我憂鬱而死。現在韓重從遠方回來，聽說我已經死了，特地帶著祭品，到墳上弔祭我。我感激他情意深厚，始終如一，就立即和他見了面，還把明珠送給他。他沒有偷挖我的墳，請父王別再追究了。」

吳王夫人在屋裡聽見女兒紫玉的聲音，立刻跑出來要抱住她，可是當她伸手環抱時，紫玉卻像煙一樣消失了。吳王夫婦看到女兒魂魄消失不見，非常難過。剛剛那席話，讓他們相信韓重對女兒確實情深義重，就不再怪罪韓重。又想到小女兒獨自困於陰府，幸好韓重一身道骨，可以來回陰陽陪伴小女兒，也就默許他倆相互依戀了。

穿越時空的送信人

胡母班是東漢末年泰山郡地方人士。有一天他路過泰山旁的一棵大樹時，忽然在樹林裡碰上一個穿紅衣服的騎士，對著他高喊：「泰山府君有事要召見你。」聽到掌管陰府的崇高神明要召見他，胡母班既害怕又錯愕，心想，難道我得罪了陰府神明嗎？正在猶豫要不要答應的時候，又來了一個騎士，同樣呼叫他：「泰山府君有事要召見你。」不管好事壞事都逃不了了。胡母班只好跟著他們走，走了數十步，騎士請胡母班閉上眼睛，再繼續向前走。

才過一會兒，當他打開眼睛時，看見一座豪華的宮殿，左右侍衛的陣容非常威嚴。原來他已經來到泰山府君的宮殿，胡母班戰戰兢兢的進入拜見泰山府君，泰山府君命人為他準備豐盛的佳餚，然後對胡母班說：「我想見你，不為別的事情，只是想請你幫忙送一封信給我女婿而已。」

胡母班聽了鬆了一口氣，問：「您女兒住在哪裡？」泰山府君說：「我女兒是河神的妻子。」胡母班說：「好的，我立即為您送信去，只是不知道要怎麼走才能將信送到那裡？」泰山府君回答說：「找他們不難，你只要乘船到黃河的中央，再敲著船沿，呼喊著：『穿青衣的婢女何在？』這樣就會有人出來把信拿走。」泰山府君說完，胡母班就起身告辭，走出殿外時那位送他來的騎士同樣要他閉上眼睛，一會兒工夫，他又回到原來的路上。

胡母班馬上往西方走去，按照泰山府君的交代，他找來一艘船，乘船到黃河的中央，就敲打著船沿，呼叫著：「穿青衣的婢女何在？」果真有一個婢女出現在水面上，她接到信後就潛入水中。

一會兒，這個婢女又冒出水面，說：「河神想見見你。」胡母班答應了，這婢女請他閉上眼睛，帶著他潛入水中，一瞬間就來到河神的宮殿。他拜見了河神，河神一樣大擺酒宴款待他，與他說話也十分熱情親切。胡母班要離開時，河神對他說：「很感激你大老遠為我送信來，我也沒有什麼東西可以送給你，只有這雙青絲鞋，請你收下。」身邊的侍從拿來一雙珍貴的青絲鞋，河神把它贈送給胡母班。胡母班從宮殿出來後，也要閉上眼睛，隨後就冒出水面，又回到了船上。說也奇怪，胡母班來回河神宮殿，衣服卻始終乾爽，一點都沒有弄濕。

離開河神宮殿後，胡母班直接前往長安城辦事，在那裡度過了一年後，才回到泰山郡的家。

跟去長安時的路線一樣，這次回家鄉也經過泰山邊。胡母班想到去年奉泰山府君的請託送信給他的女婿河神，事後一路趕往長安城，沒有機會向泰山府君回報，實在不合禮節。這次路過時，不能裝作若無其事的偷偷經過。但是，之前是泰山府君派人來找他，現在他要如何求見府君呢？突然他想到，何不像求見河神的方法？於是，他來到當初的樹林裡，敲著樹幹，自己報上姓名說：「我是胡母班，剛從長安城回來，要向府君回報送信給河神的事。」

不久，從前的那位騎士又出現了，帶著胡母班按照過去閉眼前行的方

法，去拜見泰山府君。胡母班一見到府君，就向他述說整個送信的經過。府君聽完非常感激說：「我會另外再答謝你的。」話到這裡，胡母班因內急就先去了廁所。當他從廁所走出來時，正巧看到他父親帶著手鐐腳銬在做苦役工作，像他父親這樣正在受苦刑的人有好幾百個。胡母班看了於心不忍，流著眼淚上前拜見父親，問：「父親大人為什麼淪落到這麼悲慘的地步？」他父親說：「我死後，因生前的罪過要被懲罰三年，現在已經挨過兩年了，這裡的勞役非常痛苦，我真的無法忍受了。我知道你現在正得到泰山府君的賞識，你可不可以替我懇求，免除我的勞役，讓我去當個地方上的土地神好嗎？」

胡母班實在不忍心父親受苦刑，就依照父親教給他的話，向府君磕頭求情。府君嘆了一口氣，說：「生和死本來就是不同的道途，你們不應該互相接近。」胡母班苦苦哀求，最後府君終於答應。胡母班就放心的告辭府君，回到陽間去了。

他在家中一年多。這段期間，胡母班的家中發生了不可思議的事，他的兒子一個一個死去。胡母班覺得很奇怪，也很恐懼，不知如何是好。求助無門之下，萬不得已，他硬著頭皮去求助於泰山府君。他來到泰山旁敲著那棵樹幹，求見泰山府君。不久，以前那位騎士又現身來帶領他。

胡母班一見到府君，就陳述自己家裡的不幸遭遇，說：「一定是我過去言行太粗鄙愚昧了，我回家後，我的兒子都死了。恐怕我惹的禍害還沒完，所以特來向您告罪，請求您的憐憫！拯救我們一家！」府君一聽便傳令下去，召見胡母班的父親。

不久，胡母班的父親就來到府君的殿堂上，府君對他說：「當初你請求要回家鄉當個土地神，應該會多費心思保佑當地鄉親，為你的家族帶來福氣，可是你的家族非但沒有得到福報，你的孫兒還相繼死去，這是怎麼一回事呢？」胡母班的父親有些懊惱的說：「我離開家鄉太久了，十分高興有機會回鄉里當土地神，那裡香火鼎盛，有吃有喝十分富足，真是太享受了。但我很想念我的孫兒們，所以就一個一個召他們來玩，我只想和他們玩一玩，哪知道他們卻回不了魂。」

泰山府君一聽大怒，回頭對胡母班說：「這就是我過去對你所說的，『生和死本來就是不同的道途，你和你父親本來就不應該互相接近』的緣故啊！」泰山府君於是將胡母班父親的官位撤了。他的父親聽到才當不了多久的土地神要被撤掉了，難過得一路哭哭啼啼的走出去了。

胡母班也告別泰山府君回家去。之後他又生了兒子，這些孩子都平安無事。

仙妻凡夫姻緣牽

三國時期曹魏的濟北郡，有個掌管文書的從事副官叫弦超。一天夜裡他入睡時，夢見有一位女子來到跟前，她自稱自己是天上的仙女，又細說自己姓成公，字智瓊，早年失去了父母，天帝哀憐她孤苦伶仃，當她成年後，就讓她下凡尋找合適的丈夫出嫁。

弦超在夢裡見到她的時候，覺得自己神志很清楚，十分喜歡她脫俗的儀態和出眾的美貌。但睡醒以後認真回想，覺得這件事好像發生過，又好像沒有。就這樣過了三、四個晚上。

有一天，智瓊仙女真的出現了。她坐著有帷帳的華麗馬車，身旁有八個婢女隨從，她穿著綾羅綢緞，姿態雍容，就像仙女下凡一樣。她說自己已經七十歲了，但看上去好像是只有十五、六歲的少女。車上還帶來用青色、白色的琉璃寶石做的五種精緻酒器。她準備許多珍奇佳餚，與弦超一

起享用。

她對弦超說：「我是天上的仙女，被送到人間出嫁，之所以來跟隨你，無關乎你的德行，而是我們有前世的緣分。我們成為夫妻後，你不會得到多少好處，但也不會有什麼損害。以後出門可以駕著輕便的馬車，有壯碩的馬為我們拉車，可經常吃到遠方的山珍海味，有許多綢緞可以做衣服，這些都不虞匱乏。但是我是仙界的仙女，不能為你生兒女，也沒有妒忌心，你可以有一般婚配，我也不會妨礙你在凡間的婚姻。」

於是仙女和弦超結為夫妻。智瓊還送給弦超一首兩百多字的長篇詩歌，詩歌主要內容是這樣：「我飄遊在渤海的蓬萊仙境中，車馬在騰雲駕霧中喧鬧。靈芝仙草不靠雨露灌溉，崇高品德自會時機亨通。神仙感情不是憑空而來，我正順應天意來幫助你。

娶了我，你親屬都會富貴，違背我，可能會招來災禍。」此外，智瓊還為弦超解釋《易經》卦辭的含意，這些很難理解的道理，經過她的解說後，弦超都能領會其中含意。仙女智瓊還教他，如何觀察天象變化而預測吉凶。

兩人結為夫妻過了七、八年，弦超的父母親因無法看到仙女，並不知仙女的存在，所以就為弦超婚配一門媳婦。仙女每隔一天來和弦超相聚，夜裡來、清晨走，來去像飛一樣快，只有弦超看得見她。他們相聚時雖然緊閉房門，但外人經過總會聽見屋內有聊天的聲音，也常常感覺有人來過，但就是看不見對方的身影。其他人覺得很奇怪就問弦超，弦超剛開始找了一些藉口，但最後還是不小心洩漏了仙女智瓊的事。

智瓊知道弦超說漏了嘴，便要離開弦超，她說：「我是仙女，雖然與你結為夫妻，卻不能讓其他凡人知道。你太粗心大意了，竟然無法保守祕密，我不能再與你交往了。多年來夫妻情分，情義深重，現在要分離，怎不令人悲痛？但情非得已，我們就各自珍重吧！」

她準備好一桌豐盛酒菜和丈夫一同享用，又打開一個竹箱子，取出兩套用名貴的織錦做成的衣衫送給弦超，還寫了一首詩贈送給他。她一再挽著弦超的手臂和他告別，淚流不止，泣不成聲，然後還是默默無語的登上車子，馬車立刻飛走了。

此後，弦超天天憂傷，疲憊憔悴，幾乎到了臥病不起的地步。智瓊離開凡間五年以後，弦超的人間妻子也離世了，後來他被郡府派遣到洛陽當官。就在他去上任途中，路過濟北郡魚山山腳下的小路上，遠遠看見彎道盡頭停著一輛馬車。弦超看到車上的人好像是仙女智瓊。他立刻快馬追去，那女子果真是智瓊。智瓊拉開馬車的帳簾和他相見，兩人真是又悲又喜。智瓊說：「這些年來，我日日在天庭關心你，不斷請求天帝原諒你無心洩漏天機一事，終於獲得他的諒解。我知道你將孤單前往洛陽當差，因此我極力請求天帝允許我再次下凡與你再續前緣。」智瓊邀請弦超一同乘車，他立刻拉著車繩上車，兩人一起前往洛陽，從此他們又成為夫妻，回到過去的恩愛生活。

守信的友誼

東漢時期山陽郡有位知書達禮的書生，名叫范式，他曾經到京城的太學求學，認識了一位來自汝南郡的書生，名叫張劭，兩人經常一起討論學問，漸漸變成志同道合的好朋友。後來學習告一段落後，他們都要離開太學，回到自己的家鄉。

范式跟張劭說：「過兩年我會再回來太學，路途中會到府上去拜訪你的父母親，看看你的小孩。」張劭說：「你是我最要好的朋友，要來看我和家人，我當然非常高興。我相信你這位重承諾的好朋友，兩年後一定會來。只是到太學如果要繞到寒舍，還要多走幾十里路，擔心你沿途過度勞累。」范式說：「你真是我的好朋友，處處為我著想。但是兩年不見，我一定會非常想念你這位最好的朋友。只要有心，那幾十里路，不算什麼了。」兩人立刻約好會面的日期。

范式和張劭分開後，過了兩年。就在兩人約定的日期快到之前數日，張劭把兩人的約定全告訴了母親，請她準備飯菜迎接好朋友范式。母親笑著說：「你們兩人雖是好朋友，但分開的這兩年都沒有聯絡，兩人的住家又相隔一千多里路。那麼久又那麼遙遠的約定，你真的相信你的朋友一定會來嗎？」

張劭說：「母親大人，您有所不知，我和范式一起求學時長久相處，我知道他是個守信用的人，他一定不會失約的。」母親答應了：「看你這麼相信他，我想他一定會依約定前來的。我趕快來釀酒，好好準備些菜餚。」到了約定的那天，一輛馬車往張劭家的方向而來，停在張劭家門口，一位相貌堂堂的書生從馬車上下來，張劭一看果然是范式。

他一進張家，先登堂拜見了張劭的父母，然後和好友一起飲酒敘舊，直到酒酣耳熱，相談盡興後，范式才萬分不捨的向張劭告別離去。送別了范式，張劭的母親跟兒子說：「你何其有幸，交到一位學問淵博又守信用、重義氣的好朋友。」

後來張劭生病了，病情嚴重到無法起床，還好有同鄉的朋友郅君章和殷子征從早到晚照料他、看護他。張劭臨死時，嘆息說：「我都快離開人世了，很遺憾我生死之交的好朋友都不知道，臨死前，還是沒有機會再見到他。」殷子征聽了有些不服氣，說：「我與郅君章每天都來照顧你，對你盡心竭力。我們難道不是你生死與共的好朋友嗎？那麼你還想再找誰來與你相見呢？」張劭氣若游絲的說：「你們兩位是我的好友，我非常感激你們的陪伴。但山陽郡的范式，才是我所說的生死之交。」母親知道命在旦夕的兒子，還是一直期待他的好朋友能來見他最後一面，於是派人帶著書信去告知范式。可是，派去通報的人，才離開沒幾天，張劭便死了。

一天晚上，遠在山陽郡的范式，忽然夢見張劭戴著黑色的奠祭禮帽，帽子也沒有綁好，帽帶垂掛兩邊，拖著鞋子一直呼喚他：「范式好友啊，我已經死了，過幾天就要下葬了，我要永遠離開人世，歸赴黃泉之下了，你如果沒有忘記我，是否能再來見我一面？」

范式恍惚中清醒過來，很確定這是張劭去世後，特別來託夢告訴他的，忍不住悲痛的嘆息起來。他的妻子不知道他為何如此悲傷，詢問之下，范式才告訴妻子，張劭來託夢。妻子安慰他說：「可能是你過度掛念張劭吧！也許他還健在呢。」范式說：「我和張劭是有生死之交的深刻友情，你也許不相信他來傳達死訊的事。但他在夢裡連過世的日期和下葬的日期，都說得清清楚楚，我確信是真的，我一定要趕去奔喪。」

不顧妻子一再勸阻，他穿上為朋友服喪的衣服，惦記著張劭的安葬日期，快馬加鞭駕車前去奔喪。可是路途實在遙遠，路況也沒有那麼平順，他一路上遇到無數的障礙、繞道，還是拚命趕路。

下葬的日期已經到了，范式還是沒趕到，張劭的靈柩被緩緩抬起，開始往墓地前進。送葬隊伍到達墓地時，執事合力要把靈柩下葬到墓穴中。奇怪的是，靈柩卻停在墓穴前怎樣都移不動，再多的人也無法將靈柩放入墓穴中。張劭的母親撫摸著靈柩說：「兒子呀，難道你還在等候誰嗎？」張劭的母親請大家暫時把靈柩放下來。

過了一會兒，送葬的人先是看到一陣陣揚起的塵土，接著一輛白色馬車從塵煙中出現，迎面奔馳而來，張劭的母親遠遠望著那白色馬車，說：「范式趕來了。」馬車到了墓地前快速的煞住，有個人穿著喪服，從馬車上急奔下來，哭聲哀戚，他一路哭喊著：「好友，我來遲了！我來遲了！」在場所有人聽了都忍不住也跟著啜泣起來。

范式一到靈柩旁邊，就對著靈柩不停的磕頭弔唁，說著：「你就這樣走了嗎？張劭，你知道的，死者和生者是不能走同路的，從此我們要永遠分別了。我生死之交的好友！你要一路好走啊。」當時來參加葬禮的有一千多人，大家都對他信守不渝的友誼，感動不已。范式涕泗橫流的說完，雙手握著牽引靈柩的繩索向前拉著，只見靈柩經他一拉，竟慢慢向前移動，其他扶靈的人趕快過來一起把靈柩放入墓穴中，安葬了張劭。

葬禮結束，送葬的親朋好友告慰喪家後，紛紛離開了。只有范式留在墳墓旁邊，他仔細為張劭整理墳土，在墳墓周圍栽種樹木，整個墓園都整修好了，他才依依不捨的離開。

7 動物有義勝人情

銜環鳥與義犬

萬物皆有情。如果人類用心關愛動物，在毫無預期的機緣下，也可能會獲得回報。東漢時期就發生過這兩則事件：

一

東漢弘農郡有位地方人士叫楊寶，他九歲時到華陰山北邊，看見一隻黃雀，被一隻貓頭鷹捉傷，掉在樹下，正被一大群螞蟻包圍。楊寶看了十分不捨，就把牠帶回家，放在裝文件的小箱子裡，天天用菊花飼養牠。一百多天後，黃雀的羽毛長好了，早上飛出去，傍晚就飛回來。

有一個晚上，三更時分，楊寶還在讀書，忽然看到一個穿著黃色衣服的小童從外面走了進來，向楊寶行禮說：「我是西王母的使者，當時奉派出使到蓬萊仙島，不小心遭到貓頭鷹攻擊而受傷。幸好遇上您十分仁慈，救我一命，我非常感激您的大恩大德。」他拿四只白色的玉環送給楊寶，說：「將來您的子孫品德都會十分高尚，他們能升官到三公，就像這玉環一樣既潔白又高貴。」隔天楊寶醒來時，黃雀已經飛走了，從此不再回來。

過了數十年，果然如黃衣童子所言，楊寶有了四個子孫，各個品行端正，潔身自愛，勤於政務，一路升遷至太尉、司徒、司空三公的官位。

二

東漢末年，三國東吳孫權當政時，國中有個人叫李信純，是襄陽郡紀南市人。他家裡養了一條狗，名叫「黑龍」。他非常疼愛這條狗，無論出門或在家都帶著狗，吃東西時，也都會和黑龍分享。

有一天，他在城外喝得酩酊大醉，還沒回到家，就醉倒在草叢中。正好碰上太守鄭瑕外出打獵，看見田野裡的草很長，就派人放火燒草。李信純躺的地方，恰好在風勢的下方，黑龍看見大火隨風很快蔓延開來，牠就用嘴使力拖拉主人的衣服，李信純卻醉得一動也不動。

李信純躺的附近有一條小溪，離他只有三五十步，狗奔過去，跑進溪水中浸濕全身，再跑回李信純躺的地方，在他的周圍來回跑動，黑龍將身上的水灑在他身上，這才使得主人避免被火燒的大難。可是黑龍卻因為運水太疲乏了，最後體力不支，死在主人的身旁。

等到李信純終於酒醒看見黑龍已經死了，而且渾身的毛都濕漉漉的。剛開始還覺得奇怪，搞不清楚發生什麼事，當他仔細觀察火燒的痕跡，終於明白事情的緣由，這才悲痛的大哭起來。這件事傳到太守那裡，太守被這條狗的忠心所感動，他說：「狗懂得報恩勝過人類！人如果不知道報恩，就連狗都不如了。」於是就命令人準備棺材，把黑龍隆重的安葬了。

直到現在湖北古紀南市地方還矗立一座比一般墳墓高聳的「義犬墳」。

蟻王來報恩

董昭之是吳郡富陽縣人，有次他因為要處理業務，乘船外出。船沿著錢塘江行走，他望向江中幾簇蘆葦倒映在水面，煞是好看。他坐在船上一面欣賞著水天一色的美景，一面欣賞蘆葦迎風搖曳的美姿。忽然，他看見一隻大螞蟻爬在一根很短的蘆葦草上，先跑到蘆葦的這一頭，又急著轉身跑向另一頭，這樣來來回回的跑著，十分驚慌的樣子。董昭之對牠說：「你這麼怕死啊！」於是把大螞蟻撈起來放在船上。

船上有人看到了，就責罵他說：「這隻大螞蟻體型比一般螞蟻大許多，可能是會咬死人的毒螞蟻，放在船上太危險了，不可以讓牠活著。我要踩死牠！」董昭之本想救牠，才把牠帶進船艙，沒想到反而有人要弄死牠，他心裡很憐憫這隻大螞蟻，就用一條長長的繩子綁住蘆葦。等到船靠到岸邊，大螞蟻才沿著繩子爬離江面。

當天夜裡，董昭之就寢後夢見一個穿著黑衣服的人，帶著一百多人前來向他致謝，黑衣人自我介紹說：「我是螞蟻大王，白天不小心掉進了江裡，幸虧您救活我，從此您就是我的恩人，我會好好報答您。以後如果碰上危難，一定要告訴我，讓我來幫助您。」董昭之睡醒後，雖然覺得這個夢很奇怪，但認為只是一個夢罷了，沒特別在意。

時光流逝，董昭之生活起居一如平常，便漸漸忘了救蟻王這件事。

然而十多年後，卻發生了一件事，董昭之的住家附近發生了一樁搶劫大案。官兵帶著大隊人馬四處追捕搶劫犯，其中一個搶劫犯一路逃到董昭之家後牆，就不見了，官兵懷疑搶劫犯一定躲進董昭之家，便大舉搜查他家，翻遍屋內屋外，都沒有找到搶劫犯的蹤跡。帶頭的捕快是個好大喜功之人，覺得很洩氣，他剛剛明明看到搶劫犯，卻憑空消失，等一下回官府不但不能邀功，還會因守衛疏漏，被刻薄的縣令責罰，他愈想愈懊惱。當他正揣度如何回報追捕失敗的事時，發覺董昭之的衣著顏色和搶劫犯很相似，連他的身形都神似搶劫犯。雖然這位屋主看來忠厚老實，但是既然抓不到真正的搶劫犯，總要抓一位替死鬼回去官府交差。

於是，董昭之被捕快強押到官府審問，儘管他全盤否認，捕快卻羅列一堆偽證栽贓他，官府因而橫加搶劫的罪名在他身上，還把他列為搶劫案的主犯，他因此被抓去關在餘杭縣的牢房裡。

董昭之無辜被判為罪大惡極的搶劫犯，心中當然委屈又不甘心，每天在牢房裡哭泣。關在一起的人看他舉止不像搶劫犯，問他緣由，董昭之細說從頭。那位獄友聽了，感嘆的說：「當今這位官員是有名的貪官酷吏，你只靠每次審訊時一直辯白，根本無法免罪，可能還會招來更惡毒的刑求。如果想活命，只能以錢財或勢力交換你的命了。」董昭之說：「我也知道，可是我家中全部財物早就被官廳沒收充公了，有權有勢的親友我一個也沒有，看來，只有死路一條了。」說完又忍不住哭了起來。獄友安慰他說：「天無絕人之路，再仔細想想，也許還有什麼朋友可以救你。」

經獄友這麼一說，董昭之忽然想起蟻王的託夢，他告訴獄友這件事，「是作夢吧？還是真的？可是怎麼找牠，也是個問題。」獄友說：「你現在身陷囹圄，命早晚都不保了，別管是夢還是真，姑且一試吧！」董昭之說：「我現在情況危急，當然想向牠求助，但現在我被關在牢房裡，能到哪裡去告訴牠呢？」獄友想想，說：「記得我家鄉有這樣的說法，你只要捉兩、三隻螞蟻放在手掌裡，告訴牠們事情的緣由，請牠們傳話就行了。」聽完獄友的話，董昭之在牢房角落找到了幾隻螞蟻，他小心的將牠們捧在手心，鄭重其事的向螞蟻們述說他不幸的遭遇，並請牠們一定要快快傳達給蟻王。

當天晚上，董昭之又夢見那位穿黑衣服的人來到他身旁，先對他打躬作揖，接著說：「恩人委屈了！天亮時您就要馬上離開此地，您要逃往餘杭山裡躲起來才安全。現在整個天下都很混亂，這段時間，請暫時藏匿在那裡，千萬要耐心等待。相信不久，君王將會發布大赦的命令，那時您就自由了。」蟻王雖然告訴他要逃到哪裡才安全，蟻王卻沒有告訴他，要如何打開銬在他雙手的枷鎖，以及如何逃出門禁森嚴的監牢。董昭之伸手想抓住蟻王問個明白，但是蟻王一說完，就消失了。

董昭之急得在夢中大喊：「蟻王！蟻王！……」他從夢中驚醒過來，原來只是夢啊，看來連最後一個機會也沒了，他又難過得流下淚水，伸手要擦掉眼淚時，才發現他手上的木頭枷鎖早已經被螞蟻啃斷了。再一看，平常戒備森嚴的牢房，幾個獄官正沉沉入睡，牢房的小門也被啃掉半截，那位獄友早就不知去向了。董昭之知道機不可失，快速的從半截牢門鑽出來，逃出監獄一路跑到渡船口，找到願意搭載他的船夫，渡過錢塘江，直奔餘杭山，藏匿在山裡。逃亡生活雖然十分辛苦，但他深信蟻王的話，將來一定會獲得赦免。

就這樣忍受將近一年的逃亡生活。直到一天，他聽到山路上的路人談論著：朝廷將要大赦天下。他謹慎打聽，再三印證，確定朝廷已正式頒布赦令。董昭之終於得救了，他喜極而泣，雙膝跪地呼喊著：「感謝蟻王！我真的獲得自由了！」

桑蠶的由來

傳說遠古時代，在南方的偏遠地區有一戶人家，家中人丁單薄，只有父親和女兒兩人相依為命，他們每天帶著家中唯一的一匹公馬，在田裡辛勤耕種。有一天父親突然接到官府送來一道出征派令：「國家有戰事，所有男丁必須到前線為國作戰。」父親雖然不願意留女兒一人在家，但征令一到，非去不可。

父親離家時，依依不捨的叮囑女兒：「我真的捨不得你孤單在家，但國家命令不能違抗。幸好家中還有那匹勤快的馬與你作伴，你就帶著牠在田裡好好耕種吧。希望戰爭快快結束，可以很快回來與你團圓。」走出家門外，父親憐惜的撫摸著那匹馬，交代牠：「你要好好照顧家裡，和我女兒一起努力農作，不可偷懶喔！」那匹馬似乎聽懂他的話，點了點頭。

父親遠征後，女兒和馬每天勤奮工作，平靜度日。但是他們住的地方很偏僻，鄰近沒有幾戶人家，她不想找鄰居玩，父親又不在，連個可聊天的對象都沒有，只好每天面對那匹不會說話的馬自言自語。隨著日子越久，她越想念父親。有一天她實在太無聊了，就對馬說：「馬呀，我好想念父親，你能不能把父親帶回來？如果你能去戰場上把我父親接回家，我就嫁給你。」馬聽了這話，立刻扯斷韁繩跑出門去，女兒大聲呼喚牠，但牠早已不知去向。

原來，這匹馬一路直奔她父親出征的戰地。父親看見了自家的馬匹竟出現在戰地裡，又驚又喜。卻發現牠一直望向家鄉的方向，不停悲鳴著。心想，這匹馬怎麼叫得如此悲傷？家裡是不是出事了？所以這匹忠心的馬才不顧危險，趕來此地報訊。他愈想愈擔心，便急忙向將領報告，求將領准他回家查看。

將領聽完這父親的請求，也覺得這匹馬如此神奇，在廣大戰場上能找到主人，實在不易，家中想必發生重大事情。那時正值戰事將平息的時刻，就准他先行返家。父親謝過將領後跳上馬背，快速奔向家園。

女兒一看到父親騎著家中的馬回來了，高興的跑出門外迎接。父親跳下馬，急忙問：「女兒，你怎麼了？家中到底發生什麼事？」女兒笑嘻嘻的回答：「沒事呀，我只是對馬說，我太想念父親大人了，沒想到牠當真把您帶回來了。太好了！」父親看到女兒如此想念他，也不忍心苛責她的任性，就和她高高興興的進屋裡閒聊家常。

父親覺得這匹馬雖然是畜生，卻對主人有特別的情感，還能遠赴戰地帶他回家，真是一匹貼心馬匹，因此更加珍惜牠，餵牠更多草料。可是馬從戰地回來之後，便不肯安靜吃馬料。父親還觀察到，只要看到女兒進出家門，馬會又像高興又像發怒似的一下子蹦跳、一下子踢腿，無法安靜下來。這情形頻繁發生之後，父親覺得很奇怪，他便問女兒，他不在的這段時間，馬到底發生什麼事了？剛開始，女兒總回答：「沒事呀，大概是馬兒千里迢迢來回奔跑，太興奮太累的緣故吧！」

但馬兒依然躁動不安，父親覺得情況不是女兒所說的那樣。他一再質問，女兒不得已，只好把她與馬開玩笑的事一一告訴了父親。父親聽完，

說：「馬一定把你說的話當真了，才會如此焦躁。」父親想了想，心中有個盤算，說：「這畜生也太痴心妄想了，你千萬不可說出去，這件事恐怕會玷汙我家的名聲。這兩天你暫時待在家裡不要出門。」隔天一早，父親照常餵馬草料，馬沒看到女孩，垂頭喪氣低著頭吃草料。這時父親準備好弓箭，一箭射向馬匹，就這樣，馬死了。父親順手剝下牠的皮曬在庭院中。

殺完馬，父親放心的外出辦事。這時女兒邀來鄰居的女孩一起在庭院嬉戲。女兒一看到庭院裡曬著一張馬皮，知道父親已經處置馬了，以後馬不能再騷擾她，便覺得很安心。她走過去，用腳踢踢那張馬皮，又對著馬皮嘲笑說：「你這畜生還妄想娶人家做媳婦嗎？結果反而落得被殺、被剝皮的下場。你這隻笨馬太自不量力了，為什麼要自討苦吃呢？」話還沒說完，只見那張馬皮突然飛動起來，接著，飛到女兒的身旁，女兒驚聲尖叫，馬皮卻一把捲起那女兒，就這樣飛走了。

鄰居女孩看到這情況嚇壞了，不知該如何救她，趕緊去找她的父親。父親急忙回到家，到處找女兒，可是女兒不知被馬皮捲飛到哪裡去了。

幾天後，有人在一棵大樹的枝葉中看到了這個女兒被馬皮捲在那裡，他跑回去告訴左右鄰居。父親也聽到消息，立刻跟著大家來到那棵大樹下，但他們看到的，卻是一隻很大的蠶正在樹上吃著樹葉，大家議論紛紛的說，蠶就是馬皮捲女兒變成的。

接著，那隻大蠶在樹上開始吐絲作繭，那蠶繭又厚又大，而且絲絮的紋理不亂，不同於一般蠶繭。此後，附近的婦女們便開始飼養這種蠶，她們的收入也因此增加好幾倍。當地的人甚至把這種樹取名叫「桑」樹，那樹上的蠶就叫「桑蠶」。「桑」和「喪失」的「喪」讀音很像，取這名稱也表示殺死忠馬的父親，從此喪失女兒的意思。

孩子的經典花園

搜神故事集：穿越時空的送信人

2021年3月初版　　定價：新臺幣380元
2023年11月初版第四刷

改寫	李明足
繪者	林鴻堯
叢書主編	周彥彤
校對	蘇暉筠
整體設計	劉蔚君

出版者	聯經出版事業股份有限公司	副總編輯	陳逸華
地址	新北市汐止區大同路一段369號1樓	總編輯	涂豐恩
叢書主編電話	(02)86925588轉5312	總經理	陳芝宇
台北聯經書房	台北市新生南路三段94號	社長	羅國俊
電話	(02)23620308	發行人	林載爵
郵政劃撥帳戶第0100559-3號			
郵撥電話	(02)23620308		
印刷者	文聯彩色製版印刷有限公司		
總經銷	聯合發行股份有限公司		
發行所	新北市新店區寶橋路235巷6弄6號2樓		
電話	(02)29178022		

行政院新聞局出版事業登記證局版臺業字第0130號

本書如有缺頁，破損，倒裝請寄回台北聯經書房更換。　ISBN 978-957-08-5714-6 (平裝)
聯經網址：www.linkingbooks.com.tw
電子信箱：linking@udngroup.com

國家圖書館出版品預行編目資料

搜神故事集：穿越時空的送信人/李明足改寫．林鴻堯繪．初版．新北市．聯經．2021年3月．228面．17×21公分（孩子的經典花園）
ISBN 978-957-08-5714-6（平裝）
[2023年11月初版第四刷]

857.23　　110002008